Scénario : **GAUDIN**
Dessins : **D'FALI**

Garous

Tome 3

Le Cloître des Damnées

Couleurs : **Jean-Jacques CHAGNAUD**

Merci à Jean-Luc CLERJEAUD pour ses trouvailles...
GAUDIN

Je souhaite remercier particulièrement un jeune dessinateur qui ne manque pas de talent : “MANU CIVIELLO”, pour sa mise en couleurs de la planche 17, des nouvelles couvertures et de celle du coffret...
“Tu as encore du travail à faire, mais c’est pas mal, jeune...”

À MEHDI

D’FALI
http//dfali.free.fr

Du même scénariste aux Éditions Soleil :

MARLYSA
(Dessins : Danard)

T.1 : Le Masque
T.2 : L’Ombre de Dompour
T.3 : L’Autre Côté

GALFALEK
(Dessins : Biancarelli)

T.1 : Le Gant de l’Oubli
T.2 : Le Cercle

Du même dessinateur aux Éditions Le Cycliste :

LA PROIE
(Scénario : D’Fali)

Soleil Productions, Le Grand Hôtel, Place de la Liberté - 83000 Toulon
Tél : 04 94 185 185 - fax : 04 94 62 30 21
Dépôt légal janvier 2000 - ISBN 2 - 84565 - 123 - 6

Couleur de couverture : Emmanuel Civiello

Conception graphique : Laurent Arnaud pour Soleil
Photogravure : Quadriscan - 04 Oraison
Impression : Lesaffre - Tournai - Belgique

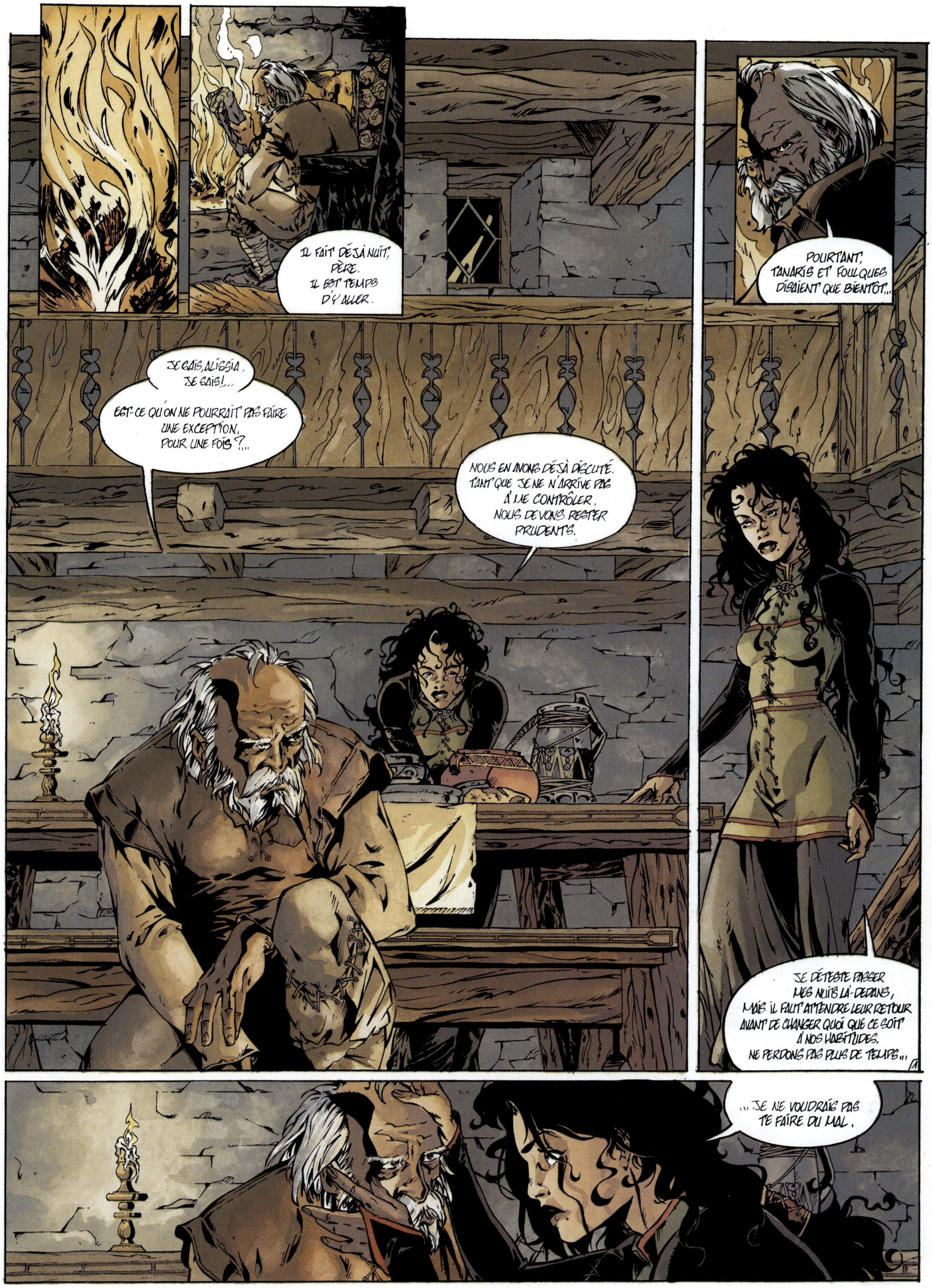
IL FAIT DÉJÀ NUIT, PÈRE. IL EST TEMPS D'Y ALLER.
POURTANT, TANARIS ET FOULQUES DISAIENT QUE BIENTÔT...
JE SAIS, ALISSIA, JE SAIS !...
EST-CE QU'ON NE POURRAIT PAS FAIRE UNE EXCEPTION, POUR UNE FOIS ?...
NOUS EN AVONS DÉJÀ DISCUTÉ. TANT QUE JE NE N'ARRIVE PAS À ME CONTRÔLER, NOUS DEVONS RESTER PRUDENTS.
JE DÉTESTE PASSER MES NUITS LÀ-DEDANS, MAIS IL FAUT ATTENDRE LEUR RETOUR AVANT DE CHANGER QUOI QUE CE SOIT À NOS HABITUDES. NE PERDONS PAS PLUS DE TEMPS...
...JE NE VOUDRAIS PAS TE FAIRE DU MAL.

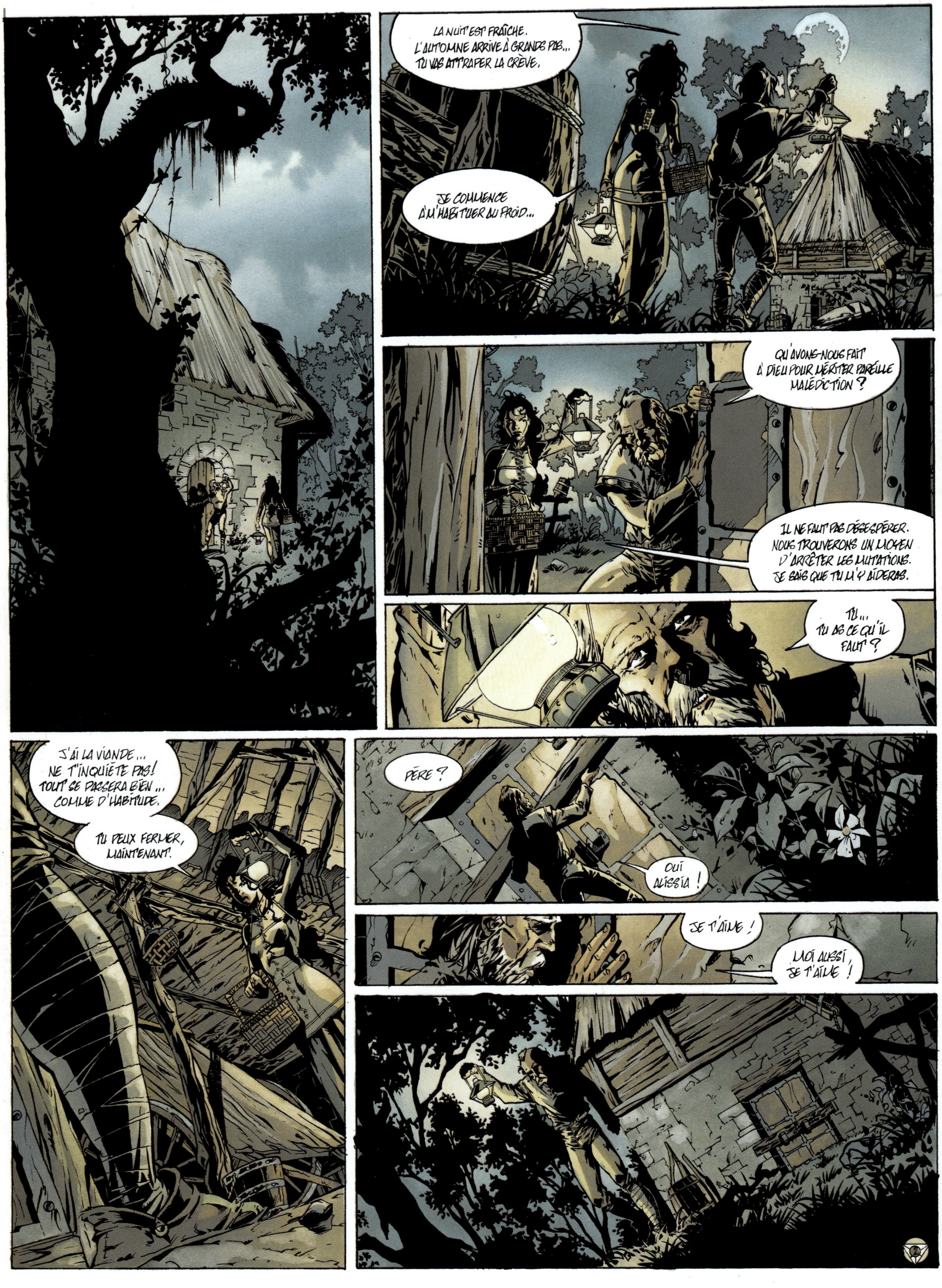
LA NUIT EST FRAÎCHE.
L'AUTOMNE ARRIVE À GRANDS PAS... TU VAS ATTRAPER LA CRÈVE.
JE COMMENCE À M'HABITUER AU FROID...
QU'AVONS-NOUS FAIT À DIEU POUR MÉRITER PAREILLE MALÉDICTION ?
IL NE FAUT PAS DÉSESPÉRER. NOUS TROUVERONS UN MOYEN D'ARRÊTER LES MUTATIONS. JE SAIS QUE TU M'Y AIDERAS.
TU... TU AS CE QU'IL FAUT ?
J'AI LA VIANDE... NE T'INQUIÈTE PAS ! TOUT SE PASSERA BIEN... COMME D'HABITUDE.
TU PEUX FERMER, MAINTENANT.
PÈRE ?
OUI ALISSIA !
JE T'AIME !
MOI AUSSI, JE T'AIME !

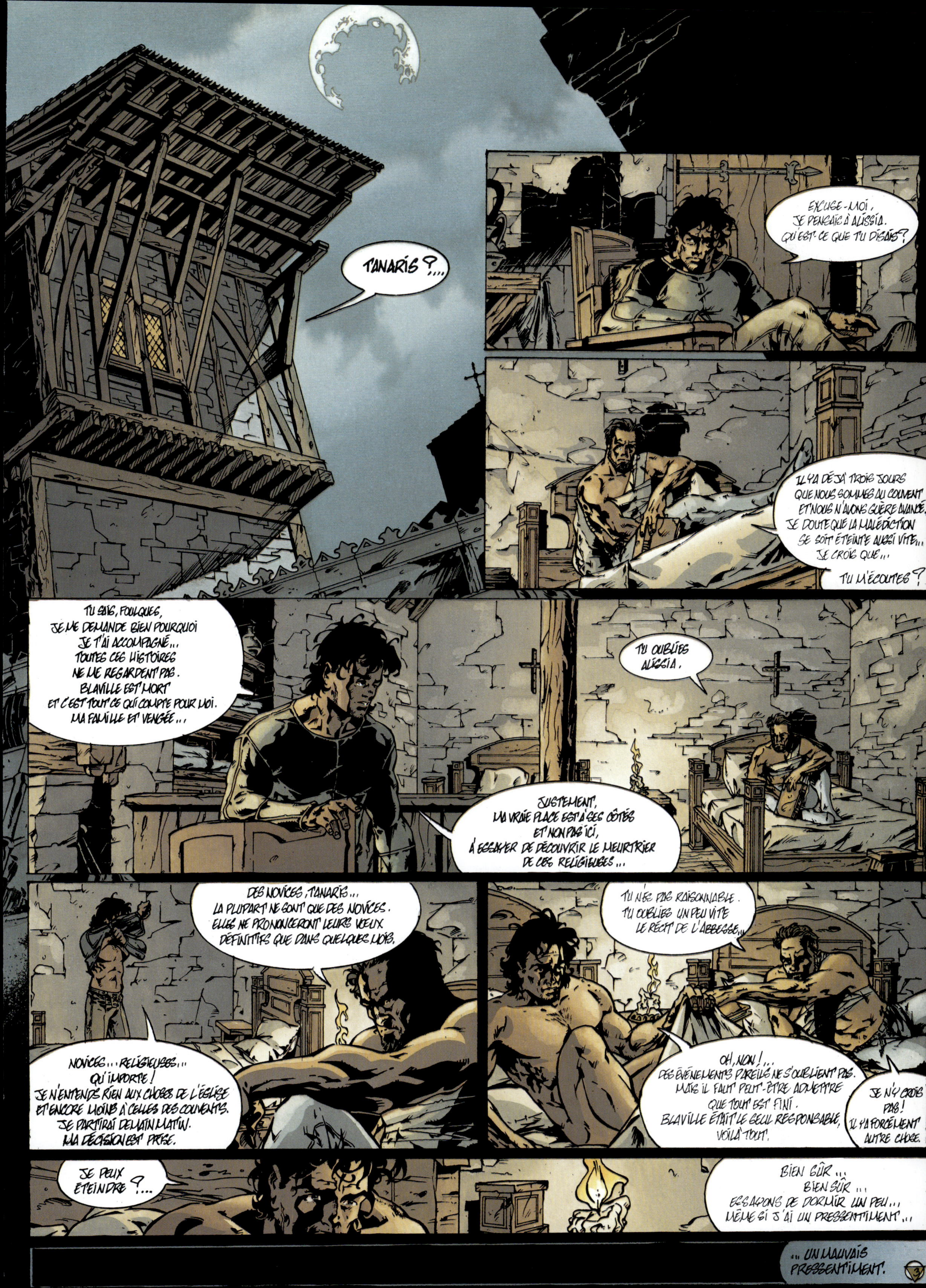
TANARIS ?...
EXCUSE-MOI, JE PENSAIS À ALISSIA. QU'EST-CE QUE TU DISAIS ?
IL Y A DÉJÀ TROIS JOURS QUE NOUS SOMMES AU COUVENT ET NOUS N'AVONS GUÈRE AVANCÉ. JE DOUTE QUE LA MALÉDICTION SE SOIT ÉTEINTE AUSSI VITE... JE CROIS QUE...
TU M'ÉCOUTES ?
TU SAIS, FOULQUES, JE ME DEMANDE BIEN POURQUOI JE T'AI ACCOMPAGNÉ... TOUTES CES HISTOIRES NE ME REGARDENT PAS. BLAVILLE EST MORT ET C'EST TOUT CE QUI COMPTE POUR MOI. MA FAMILLE EST VENGÉE...
TU OUBLIES ALISSIA.
JUSTEMENT, MA VRAIE PLACE EST À SES CÔTÉS ET NON PAS ICI, À ESSAYER DE DÉCOUVRIR LE MEURTRIER DE CES RELIGIEUSES...
DES NOVICES, TANARIS... LA PLUPART NE SONT QUE DES NOVICES. ELLES NE PRONONCERONT LEURS VOEUX DÉFINITIFS QUE DANS QUELQUES MOIS.
NOVICES... RELIGIEUSES... QU'IMPORTE ! JE N'ENTENDS RIEN AUX CHOSES DE L'ÉGLISE ET ENCORE MOINS À CELLES DES COUVENTS. JE PARTIRAI DEMAIN MATIN. MA DÉCISION EST PRISE.
TU N'ES PAS RAISONNABLE. TU OUBLIES UN PEU VITE LE RÉCIT DE L'ABBESSE...
OH, NON !... DES ÉVÉNEMENTS PAREILS NE S'OUBLIENT PAS. MAIS IL FAUT PEUT-ÊTRE ADMETTRE QUE TOUT EST FINI. BLAVILLE ÉTAIT LE SEUL RESPONSABLE, VOILÀ TOUT.
JE N'Y CROIS PAS ! IL Y A FORCÉMENT AUTRE CHOSE.
JE PEUX ÉTEINDRE ?...
BIEN SÛR... BIEN SÛR... ESSAYONS DE DORMIR UN PEU... MÊME SI J'AI UN PRESSENTIMENT...
...UN MAUVAIS PRESSENTIMENT.

TANARIS, RÉVEILLE-TOI !
IL EST LÀ !
UN BRUIT VENANT DU COULOIR M'A RÉVEILLÉ...
JE CROIS QUE NOTRE VISITEUR A LAISSÉ QUELQUE CHOSE À NOTRE INTENTION...
UN VISITEUR QUI SAIT CE QUE VEUT DIRE CE SIGLE.
LA CASTE DES TÉNÈBRES !
IL Y A DES TRACES DE SANG AU SOL. TOUT CECI N'EST SANS DOUTE QU'UN PIÈGE, MAIS NOUS N'AVONS GUÈRE LE CHOIX...
D'APRÈS MES SOUVENIRS, L'ESCALIER DONNE SUR LA COUR DE L'INFIRMERIE.
J'AI BIEN PEUR DU RÉSULTAT DE CE JEU DE PISTE...!
IL SAIT QUI NOUS SOMMES, POUR AVOIR TRACÉ LE SIGNE DE LA CASTE SUR NOTRE PORTE. NOUS DEVONS RESTER SUR NOS GARDES...
... EN FACE ! UNE AUTRE ENTRÉE !
4

C'EST UNE DES PORTES QUI DONNENT SUR LE CLOÎTRE...
LE CLOÎTRE DES NOVICES !
...?!?... QU'EST-CE QUE ÇA VEUT DIRE
UNE CAPE... COMME CELLES DES RELIGIEUSES.
IL Y A D'AUTRES TRACES DE SANG PAR ICI.
FOULQUES... VIENS VOIR !

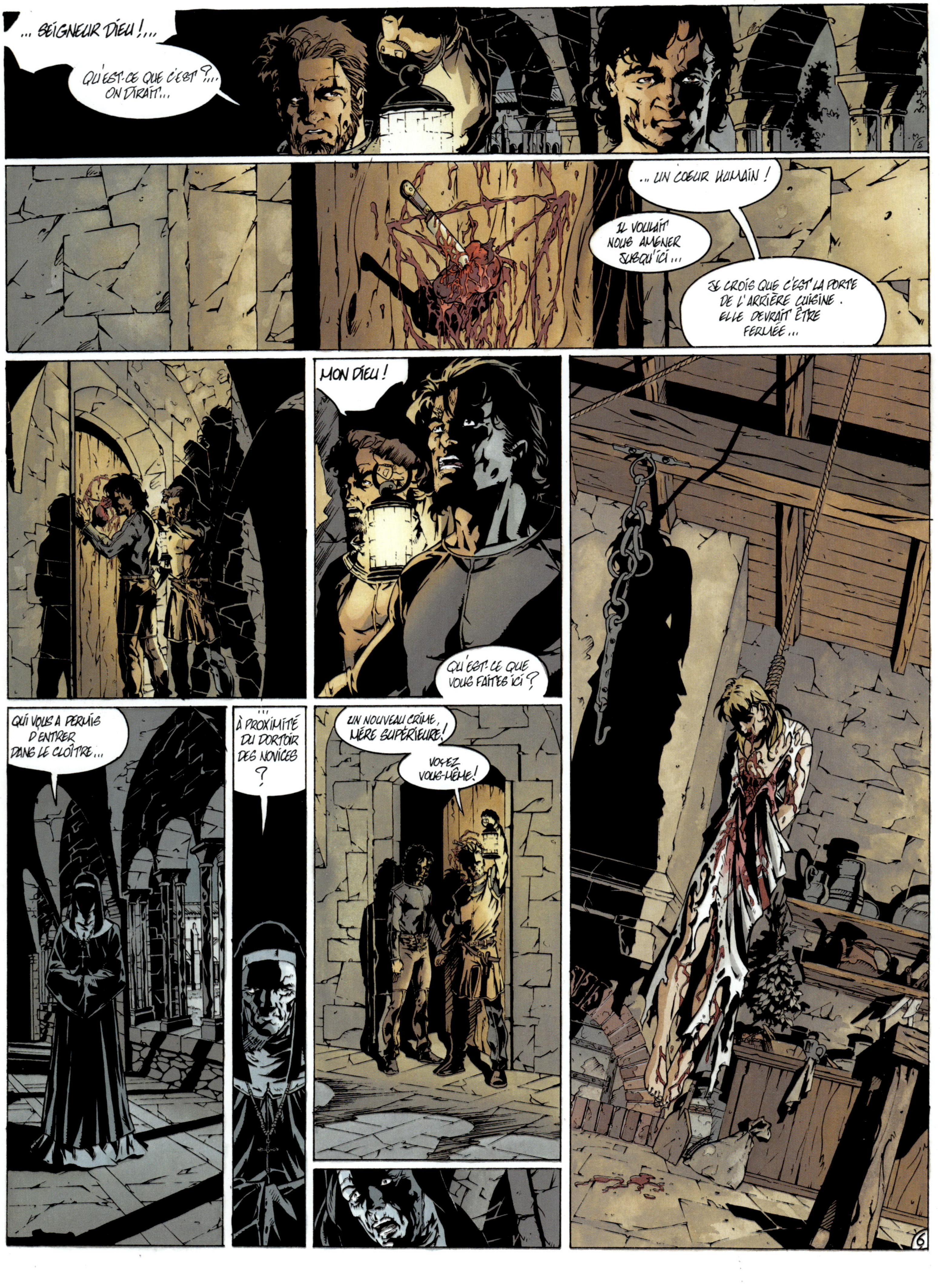

... SEIGNEUR DIEU !...
QU'EST-CE QUE C'EST ?... ON DIRAIT...
... UN COEUR HUMAIN !
IL VOULAIT NOUS AMENER JUSQU'ICI...
JE CROIS QUE C'EST LA PORTE DE L'ARRIÈRE CUISINE. ELLE DEVRAIT ÊTRE FERMÉE...
MON DIEU !
QU'EST-CE QUE VOUS FAITES ICI ?
QUI VOUS A PERMIS D'ENTRER DANS LE CLOÎTRE...
... À PROXIMITÉ DU DORTOIR DES NOVICES ?
UN NOUVEAU CRIME, MÈRE SUPÉRIEURE !
VOYEZ VOUS-MÊME !
6

(1) INFIRMIÈRES

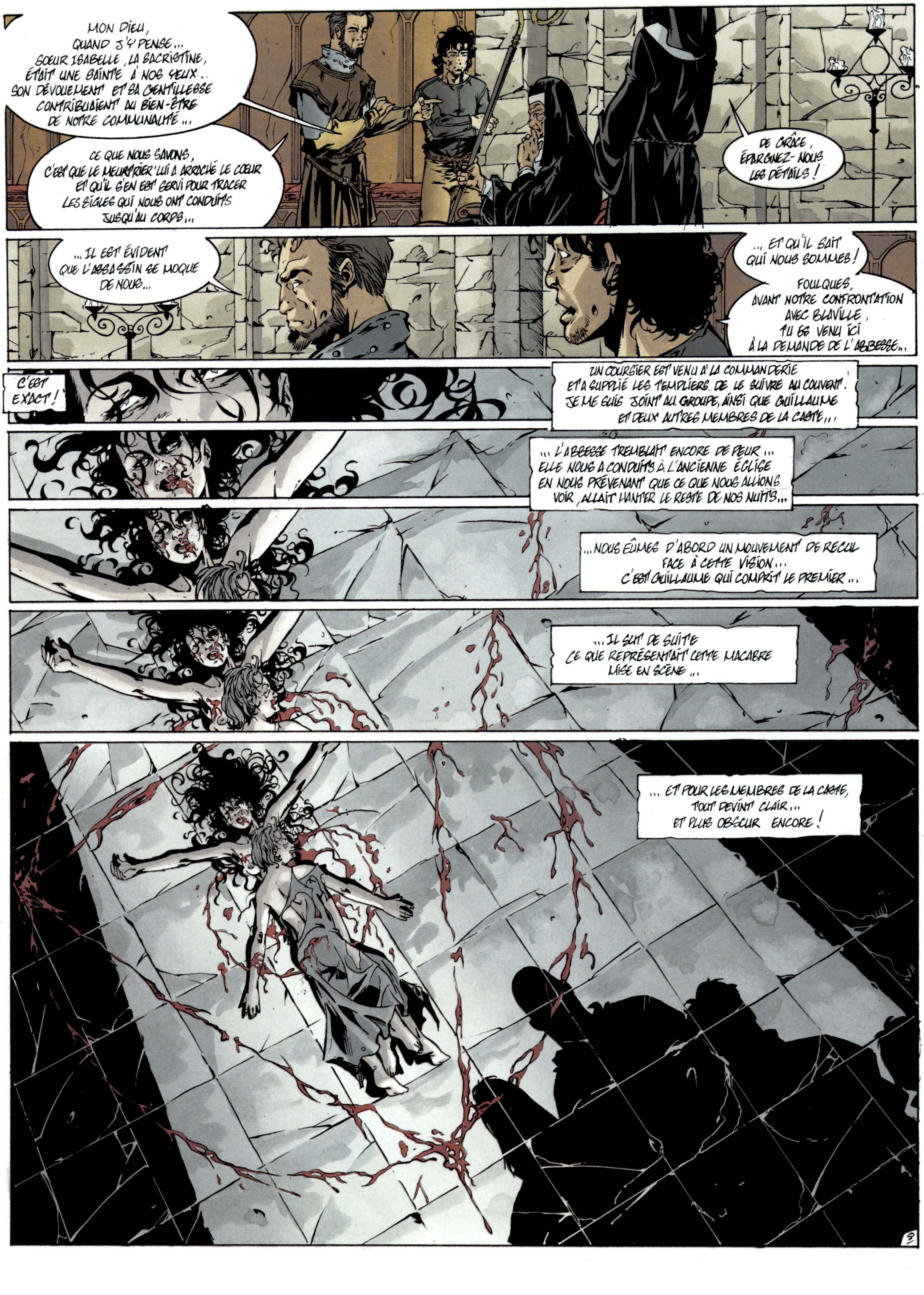
MON DIEU, QUAND J'Y PENSE... SOEUR ISABELLE, LA SACRISTINE, ÉTAIT UNE SAINTE À NOS YEUX... SON DÉVOUEMENT ET SA GENTILLESSE CONTRIBUAIENT AU BIEN-ÊTRE DE NOTRE COMMUNAUTÉ...
CE QUE NOUS SAVONS, C'EST QUE LE MEURTRIER LUI A ARRACHÉ LE COEUR ET QU'IL S'EN EST SERVI POUR TRACER LES SIGLES QUI NOUS ONT CONDUITS JUSQU'AU CORPS...
DE GRÂCE, ÉPARGNEZ-NOUS LES DÉTAILS !
... IL EST ÉVIDENT QUE L'ASSASSIN SE MOQUE DE NOUS...
... ET QU'IL SAIT QUI NOUS SOMMES !
FOULQUES, AVANT NOTRE CONFRONTATION AVEC BLAVILLE, TU ES VENU ICI À LA DEMANDE DE L'ABBESSE...
C'EST EXACT !
UN COURSIER EST VENU À LA COMMANDERIE ET A SUPPLIÉ LES TEMPLIERS DE LE SUIVRE AU COUVENT. JE ME SUIS JOINT AU GROUPE, AINSI QUE GUILLAUME ET DEUX AUTRES MEMBRES DE LA CASTE...
... L'ABBESSE TREMBLAIT ENCORE DE PEUR... ELLE NOUS A CONDUITS À L'ANCIENNE ÉGLISE EN NOUS PRÉVENANT QUE CE QUE NOUS ALLIONS VOIR, ALLAIT HANTER LE RESTE DE NOS NUITS...
... NOUS EÛMES D'ABORD UN MOUVEMENT DE RECUL FACE À CETTE VISION... C'EST GUILLAUME QUI COMPRIT LE PREMIER...
... IL SUT DE SUITE CE QUE REPRÉSENTAIT CETTE MACABRE MISE EN SCÈNE...
... ET POUR LES MEMBRES DE LA CASTE, TOUT DEVINT CLAIR... ET PLUS OBSCUR ENCORE !

(1) ELLE S'OCCUPAIT DE L'APPROVISIONNEMENT ET GÉRAIT LES RÉSERVES DE NOURRITURE.
(2) DEUXIÈME OFFICE AUX ENVIRONS DE 1 HEURE DU MATIN.

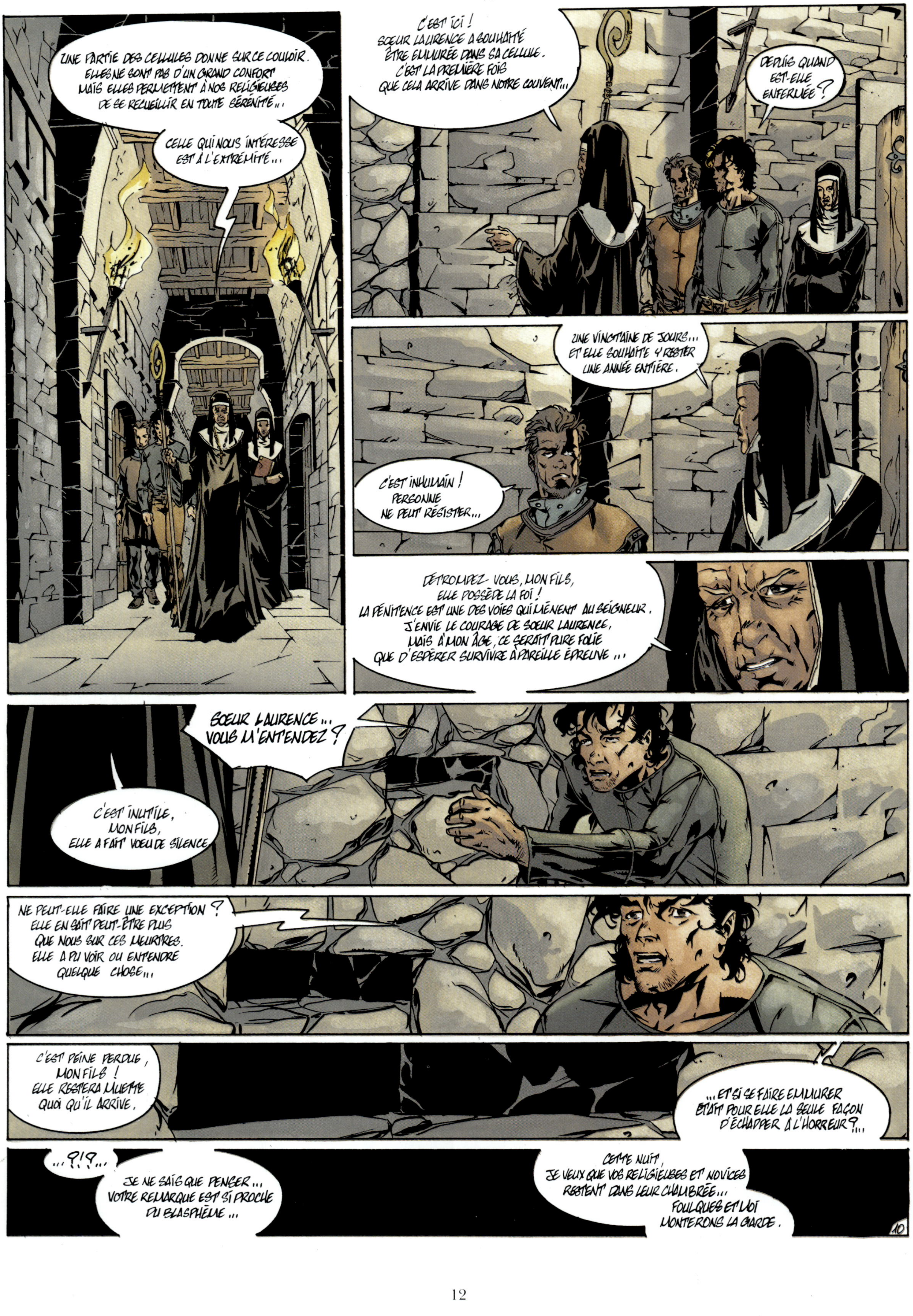
UNE PARTIE DES CELLULES DONNE SUR CE COULOIR. ELLES NE SONT PAS D'UN GRAND CONFORT MAIS ELLES PERMETTENT À NOS RELIGIEUSES DE SE RECUEILLIR EN TOUTE SÉRÉNITÉ...
CELLE QUI NOUS INTÉRESSE EST À L'EXTRÉMITÉ...
C'EST ICI ! SOEUR LAURENCE A SOUHAITÉ ÊTRE EMMURÉE DANS SA CELLULE. C'EST LA PREMIÈRE FOIS QUE CELA ARRIVE DANS NOTRE COUVENT...
DEPUIS QUAND EST-ELLE ENFERMÉE ?
UNE VINGTAINE DE JOURS... ET ELLE SOUHAITE Y RESTER UNE ANNÉE ENTIÈRE.
C'EST INHUMAIN ! PERSONNE NE PEUT RÉSISTER...
DÉTROMPEZ-VOUS, MON FILS, ELLE POSSÈDE LA FOI ! LA PÉNITENCE EST UNE DES VOIES QUI MÈNENT AU SEIGNEUR. J'ENVIE LE COURAGE DE SOEUR LAURENCE, MAIS À MON ÂGE, CE SERAIT PURE FOLIE QUE D'ESPÉRER SURVIVRE À PAREILLE ÉPREUVE...
SOEUR LAURENCE... VOUS M'ENTENDEZ ?
C'EST INUTILE, MON FILS, ELLE A FAIT VOEU DE SILENCE.
NE PEUT-ELLE FAIRE UNE EXCEPTION ? ELLE EN SAIT PEUT-ÊTRE PLUS QUE NOUS SUR CES MEURTRES. ELLE A PU VOIR OU ENTENDRE QUELQUE CHOSE...
C'EST PEINE PERDUE, MON FILS ! ELLE RESTERA MUETTE QUOI QU'IL ARRIVE.
... ET SI SE FAIRE EMMURER ÉTAIT POUR ELLE LA SEULE FAÇON D'ÉCHAPPER À L'HORREUR ?...
...?!?...
JE NE SAIS QUE PENSER... VOTRE REMARQUE EST SI PROCHE DU BLASPHÈME...
CETTE NUIT, JE VEUX QUE VOS RELIGIEUSES ET NOVICES RESTENT DANS LEUR CHAMBRÉE... FOULQUES ET MOI MONTERONS LA GARDE.
10

NOUS AVIONS ATTENDU LA NUIT AVEC IMPATIENCE ET APPRÉHENSION... NOUS NOUS SÉPARÂMES POUR ÉLARGIR LE CHAMP DE NOTRE SURVEILLANCE.
LA PREMIÈRE PARTIE DE LA NUIT FUT CALME ET MES PENSÉES ALLÈRENT À GAËLLE ET MAËLLA DONT JE RESSENTAIS LA PRÉSENCE À MES CÔTÉS...
...TOUTES DEUX SEMBLAIENT GUIDER MES PAS... MAIS LE VISAGE D'ALISSIA SE SUPERPOSAIT RÉGULIÈREMENT AUX LEURS. J'EN ÉTAIS HORRIFIÉ ET PRESQUE SOULAGÉ À LA FOIS...
KLONG
MÊME ASSOURDI PAR LA GRANDE PORTE DE L'ANCIENNE ÉGLISE, LE BRUIT ME FIT SURSAUTER. IL ME RAPPELA À LA RÉALITÉ. UNE RÉALITÉ QUI N'ALLAIT PLUS ME QUITTER.
LE SOL PORTAIT ENCORE LES TRACES DES RÉCENTES ATROCITÉS...
L'ÉGLISE ÉTAIT SILENCIEUSE ET... FASCINANTE. UNE AMBIANCE LOURDE ET OPPRESSANTE.
?!

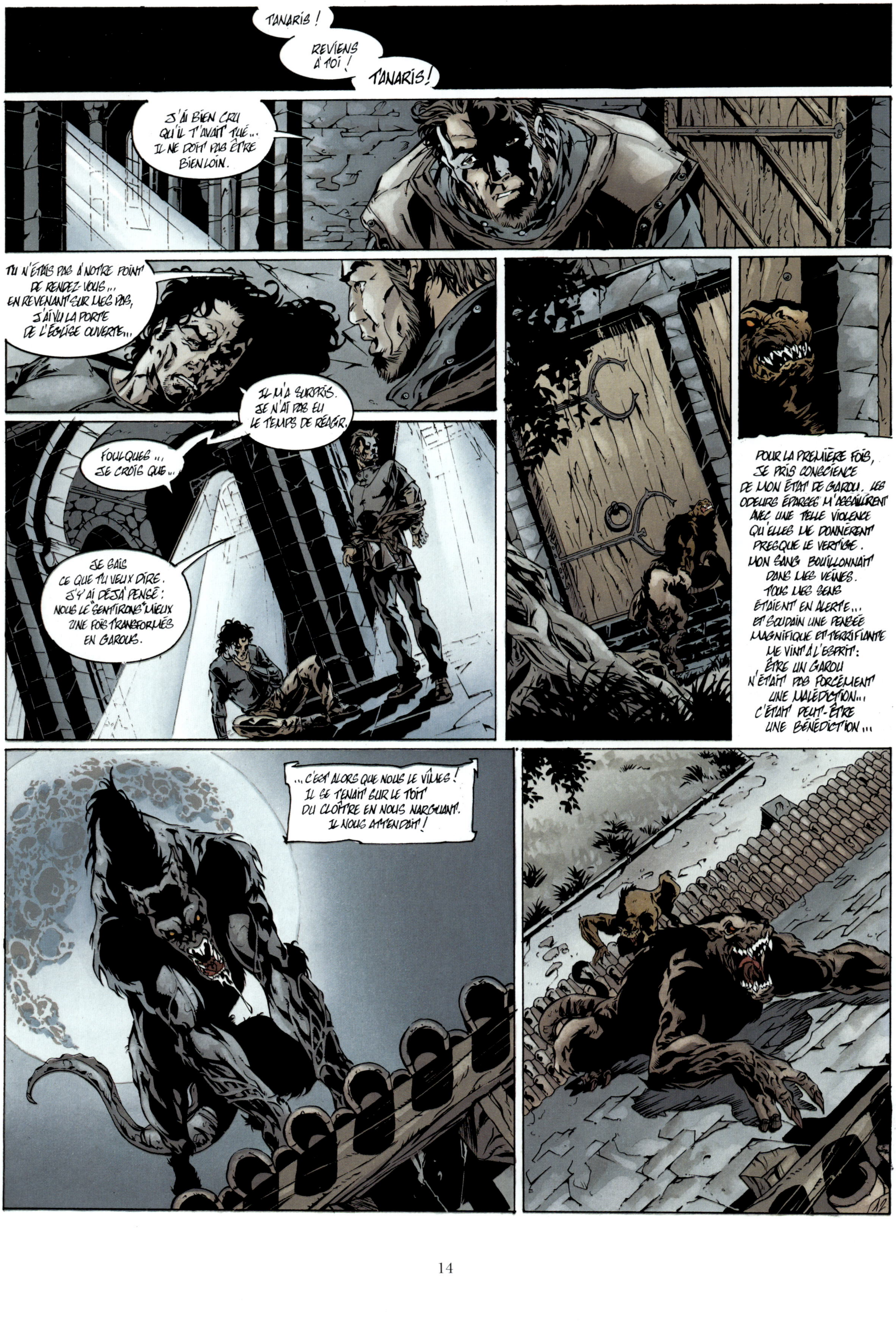
TANARIS !
REVIENS À TOI !
TANARIS !
J'AI BIEN CRU QU'IL T'AVAIT TUÉ... IL NE DOIT PAS ÊTRE BIEN LOIN.
TU N'ÉTAIS PAS À NOTRE POINT DE RENDEZ-VOUS... EN REVENANT SUR MES PAS, J'AI VU LA PORTE DE L'ÉGLISE OUVERTE...
IL M'A SURPRIS. JE N'AI PAS EU LE TEMPS DE RÉAGIR.
FOULQUES... JE CROIS QUE...
JE SAIS CE QUE TU VEUX DIRE. J'Y AI DÉJÀ PENSÉ : NOUS LE "SENTIRONS" MIEUX UNE FOIS TRANSFORMÉS EN GAROUS.
POUR LA PREMIÈRE FOIS, JE PRIS CONSCIENCE DE MON ÉTAT DE GAROU. LES ODEURS ÉPARSES M'ASSAILLIRENT AVEC UNE TELLE VIOLENCE QU'ELLES ME DONNÈRENT PRESQUE LE VERTIGE. MON SANG BOUILLONNAIT DANS MES VEINES. TOUS MES SENS ÉTAIENT EN ALERTE... ET SOUDAIN UNE PENSÉE MAGNIFIQUE ET TERRIFIANTE ME VINT À L'ESPRIT : ÊTRE UN GAROU N'ÉTAIT PAS FORCÉMENT UNE MALÉDICTION... C'ÉTAIT PEUT-ÊTRE UNE BÉNÉDICTION...
... C'EST ALORS QUE NOUS LE VÎMES ! IL SE TENAIT SUR LE TOIT DU CLOÎTRE EN NOUS NARGUANT. IL NOUS ATTENDAIT !

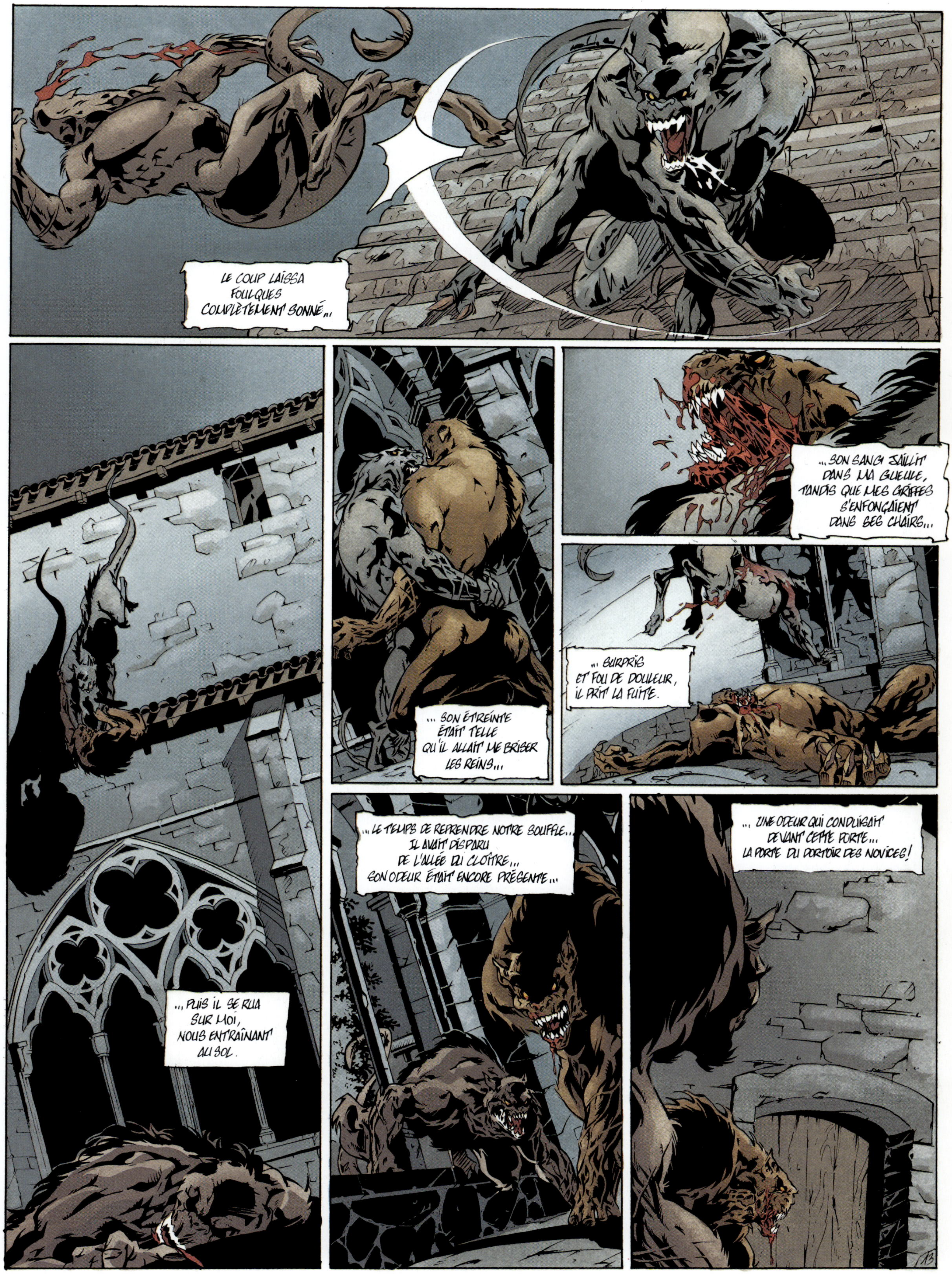
LE COUP LAISSA FOULQUES COMPLÈTEMENT SONNÉ...
...PUIS IL SE RUA SUR MOI, NOUS ENTRAÎNANT AU SOL.
... SON ÉTREINTE ÉTAIT TELLE QU'IL ALLAIT ME BRISER LES REINS...
...SON SANG JAILLIT DANS MA GUEULE, TANDIS QUE MES GRIFFES S'ENFONÇAIENT DANS SES CHAIRS...
... SURPRIS ET FOU DE DOULEUR, IL PRIT LA FUITE.
...LE TEMPS DE REPRENDRE NOTRE SOUFFLE... IL AVAIT DISPARU DE L'ALLÉE DU CLOÎTRE... SON ODEUR ÉTAIT ENCORE PRÉSENTE...
... UNE ODEUR QUI CONDUISAIT DEVANT CETTE PORTE... LA PORTE DU DORTOIR DES NOVICES!
13

ALISSIA ?!?...
TOUT S'EST BIEN PASSÉ ?...
ALISSIA !... RÉPONDS-MOI, S'IL TE PLAÎT !...
J'OUVRE LA PORTE...
ALISSIA !...
OÙ ES-TU ?...
JE SUIS MORT D'INQUIÉTUDE...
ALISSIA ?!?
...JE NE T'AVAIS ENTENDU...
C'EST PEUT-ÊTRE LA PREMIÈRE NUIT OÙ JE DORS AUSSI BIEN...
... JE... JE SUIS LÀ, PÈRE !
TU M'AS FAIT PEUR, TU SAIS... J'AI BIEN CRU QU'IL ÉTAIT ARRIVÉ QUELQUE CHOSE...
JE SAIS... EXCUSE-MOI !
QUI EST-CE ?
DE QUI PARLES-TU ?
OH, MON DIEU !

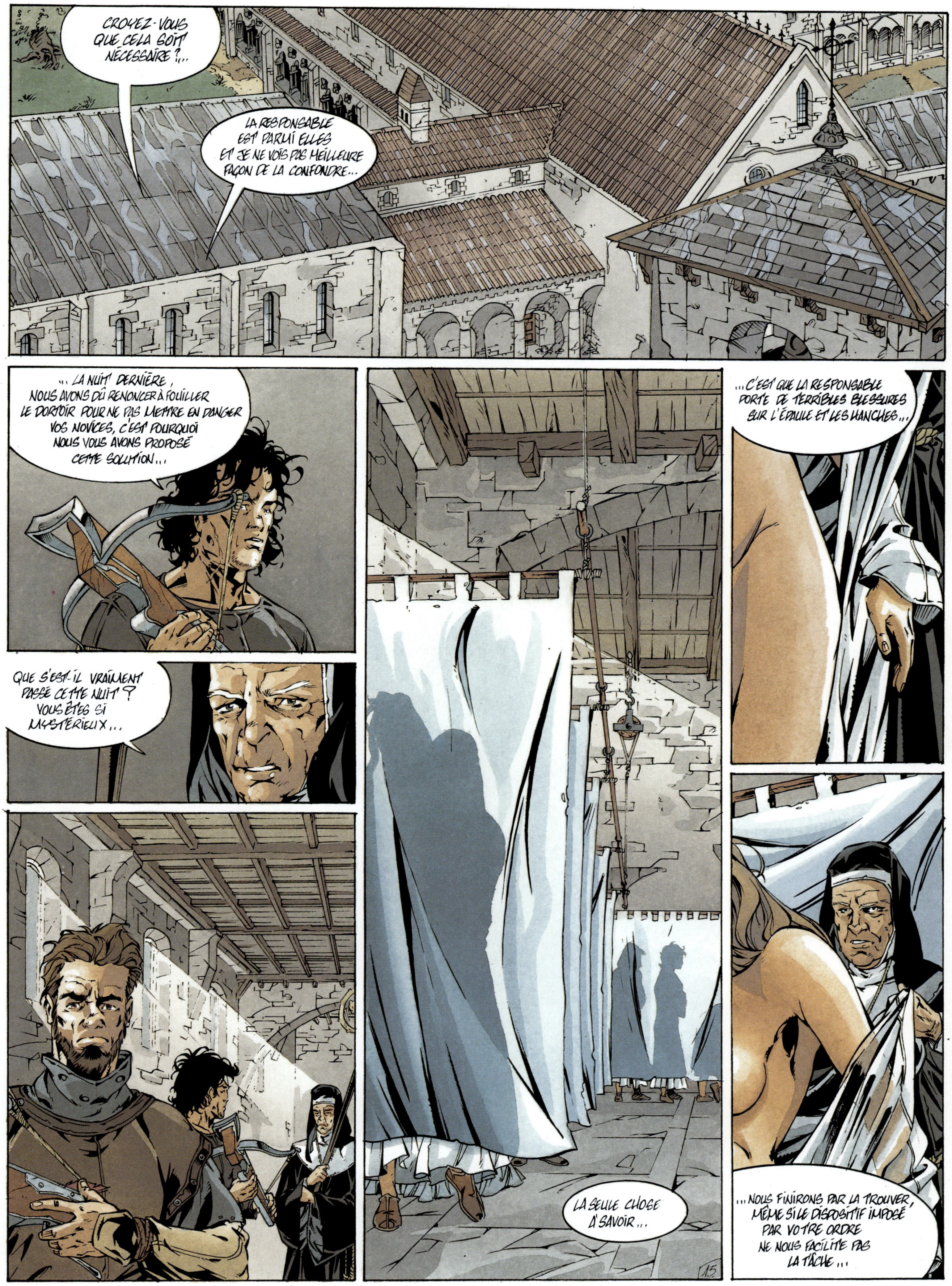
CROYEZ-VOUS QUE CELA SOIT NÉCESSAIRE ?...
LA RESPONSABLE EST PARMI ELLES ET JE NE VOIS PAS MEILLEURE FAÇON DE LA CONFONDRE...
...LA NUIT DERNIÈRE, NOUS AVONS DÛ RENONCER À FOUILLER LE DORTOIR POUR NE PAS METTRE EN DANGER VOS NOVICES, C'EST POURQUOI NOUS VOUS AVONS PROPOSÉ CETTE SOLUTION...
QUE S'EST-IL VRAIMENT PASSÉ CETTE NUIT ? VOUS ÊTES SI MYSTÉRIEUX...
LA SEULE CHOSE À SAVOIR...
...C'EST QUE LA RESPONSABLE PORTE DE TERRIBLES BLESSURES SUR L'ÉPAULE ET LES HANCHES...
...NOUS FINIRONS PAR LA TROUVER, MÊME SI LE DISPOSITIF IMPOSÉ PAR VOTRE ORDRE NE NOUS FACILITE PAS LA TÂCHE...

... VOUS VERREZ QUE NOTRE PATIENCE SERA RÉC...
MÈRE SUPÉRIEURE !...
MÈRE SUPÉRIEURE !... VENEZ VOIR, S'IL VOUS PLAÎT !...
VOUS AVEZ TROUVÉ ?...
NON !... C'EST AUTRE CHOSE !...
MON DIEU !... OH, MON DIEU !...
AU SECOURS !... C'EST LE DIABLE !
SCRIIIIT T T TCHHHHHHHHHHH
QU'EST-CE QUE...

NE LE LAISSONS PAS...
OUMMPFFFE
AAHHHH
ATTENTION !
AU SECOURS !
PITIÉ !
VITE, FOULQUES !
IL SORT DE LA PIÈCE. IL NE FAUT PAS QU'IL NOUS ÉCHAPPE, CETTE FOIS.

IL VA RÉUSSIR À ATTEINDRE LA COUR...
AVEC UN PEU DE CHANCE, JE PEUX BRISER SON ÉLAN...
À NOTRE GRANDE SURPRISE, LE GAROU DÉCIDA D'ENTRER DANS LE CHAUFFOIR...
QUE...?
MON DIEU !
VIERGE MARIE !
...IL... OU PLUTÔT ELLE... ELLE QUI SE TENAIT LÀ, ATTENDANT NOTRE ARRIVÉE...
JE FUS TROUBLÉ PAR SA BEAUTÉ... PAR SON VISAGE QUI RAYONNAIT DE DOUCEUR ET DE BONTÉ...
...LES RELIGIEUSES PRÉSENTES NE FURENT PAS LONGUES À SORTIR DE LA PIÈCE...
...MAIS POURQUOI ÉTAIT-IL ENTRÉ LÀ ?...

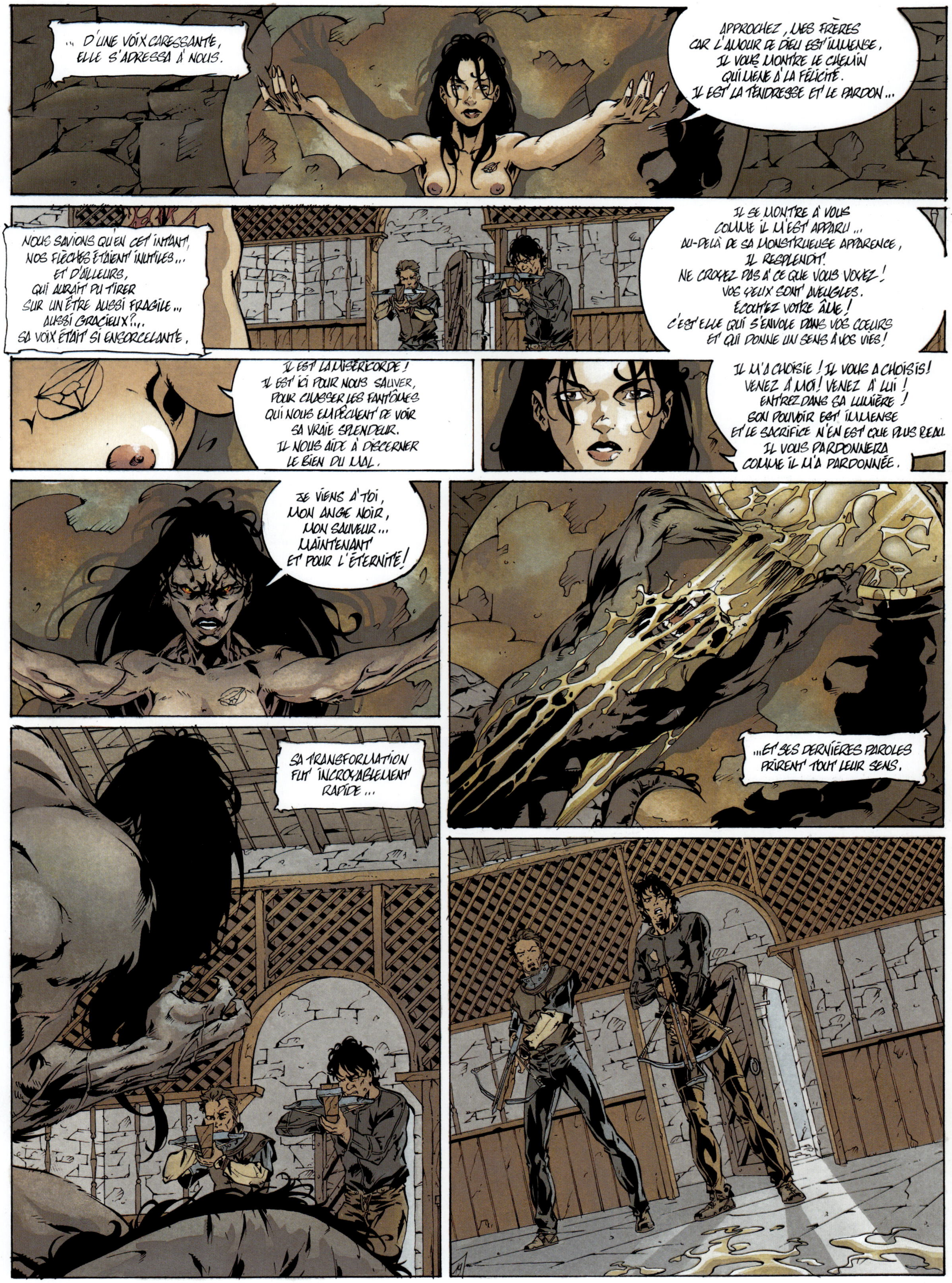
... D'une voix caressante, elle s'adressa à nous.
Approchez, mes frères car l'amour de Dieu est immense. Il vous montre le chemin qui mène à la félicité. Il est la tendresse et le pardon...
Nous savions qu'en cet instant, nos flèches étaient inutiles... et d'ailleurs, qui aurait pu tirer sur un être aussi fragile... aussi gracieux?... sa voix était si ensorcelante.
Il se montre à vous comme il m'est apparu... au-delà de sa monstrueuse apparence, il resplendit! Ne croyez pas à ce que vous voyez! Vos yeux sont aveugles. Écoutez votre âme! C'est elle qui s'envole dans vos coeurs et qui donne un sens à vos vies!
Il est la miséricorde! Il est ici pour nous sauver, pour chasser les fantômes qui nous empêchent de voir sa vraie splendeur. Il nous aide à discerner le bien du mal.
Il m'a choisie! Il vous a choisis! Venez à moi! Venez à lui! Entrez dans sa lumière! Son pouvoir est immense et le sacrifice n'en est que plus réel. Il vous pardonnera comme il m'a pardonnée.
Je viens à toi, mon ange noir, mon sauveur... maintenant et pour l'éternité!
Sa transformation fut incroyablement rapide...
...et ses dernières paroles prirent tout leur sens.

NOUS SAVONS TOUTES ICI QUE CROIRE EN DIEU, C'EST AUSSI CROIRE À L'EXISTENCE DU DIABLE, MAIS LE VOIR AINSI SE MANIFESTER EST SI IMPENSABLE... PREUVE EST FAITE QUE LE DÉMON PEUT SE CACHER EN TOUTE ÂME INNOCENTE ET QUE NOS PRIÈRES MANQUENT ENCORE DE FERVEUR POUR REPOUSSER LA BÊTE. JE N'OUBLIERAI JAMAIS QUE CETTE CRUELLE EXPÉRIENCE A ENDEUILLÉ MON MONASTÈRE. QUE DIEU NOUS PARDONNE ET NOUS AIDE À RECOUVRER LA RAISON !
CETTE JEUNE NOVICE ÉTAIT DÉVOUÉE À SA FOI, MAIS SES ACTES ET SON SUICIDE LA CONDAMNENT À JAMAIS. SON ÂME BRÛLE MAINTENANT EN ENFER POUR L'ÉTERNITÉ.
ELLE ÉTAIT AVEUGLÉE PAR SA FOI ! JE SAIS QUE C'EST DIFFICILE À ENTENDRE, MAIS BLAVILLE A PROFITÉ DE SA CRÉDULITÉ POUR POURSUIVRE SON DÉLIRE DE MORT.
TOUTES LES RUMEURS SUR BLAVILLE ÉTAIENT DONC FONDÉES ?...
IL EST À L'ORIGINE DE TOUTES CES ATROCITÉS. IL A TUÉ MA FAMILLE ET NOMBRE DE GENS POUR ASSOUVIR SA SOIF DE SANG. HEUREUSEMENT, FOULQUES ET MOI AVONS PU L'OCCIRE AU CHÂTEAU DE SOULANSE AVANT QUE SA FOLIE NE REJAILLISSE SUR TOUT LE COMTÉ.
CHEVALIERS, JE NE VOUS REMERCIERAI JAMAIS ASSEZ POUR CE QUE VOUS AVEZ FAIT POUR NOTRE COMMUNAUTÉ. NOUS PRIERONS POUR VOUS ET VOS PROCHES. IL VA DE SOI QUE VOUS POUVEZ RESTER ICI LE TEMPS QUE VOUS VOUDREZ...
MERCI, MÈRE SUPÉRIEURE, MAIS IL NOUS FAUT RENTRER. NOUS PARTIRONS DANS LA SOIRÉE.
J'ESPÈRE NE PAS TROP EN AVOIR DIT...
NOUS N'AVIONS GUÈRE LE CHOIX, TANARIS. COMMENT LEUR EXPLIQUER QUE NOUS SOMMES DES GAROUS ?... MIEUX VALAIT S'ABRITER DERRIÈRE LA RELIGION... LEUR CROYANCE FERA LE RESTE.
ET TA VERSION DES FAITS ?...
BLAVILLE S'EST INTRODUIT DANS LE MONASTÈRE ET Y A RENCONTRÉ LA NOVICE. J'IMAGINE QU'IL TROUVAIT LA SITUATION EXCITANTE... QUOI QU'IL EN SOIT, IL A DÛ LA CHARMER ET LUI DONNER SECRÈTEMENT QUELQUES RENDEZ-VOUS...
DANS LA VIEILLE ÉGLISE, PAR EXEMPLE.
IL S'EST TRANSFORMÉ DEVANT ELLE POUR LA CONVAINCRE DE SA PUISSANCE... SON DISCOURS DEVAIT ÊTRE APPROPRIÉ... RAPPELLE-TOI, ELLE A PARLÉ DE SON ANGE NOIR... ELLE DEVAIT ÊTRE COMPLÈTEMENT FASCINÉE. ET IL A FINI PAR LUI FAIRE PARTAGER SON POUVOIR...

...LES PREMIERS SYMPTÔMES SONT ARRIVÉS ET ELLE A ÉTÉ ADMISE À L'INFIRMERIE. J'AI VÉRIFIÉ AUPRÈS D'UNE MIRESSE.
ET UNE NUIT, LE GAROU S'EST SUBSTITUÉ À L'INNOCENCE !
MALGRÉ CE PREMIER MEURTRE, QUI A MIS EN ÉMOI L'ABBESSE, ELLE A CONTINUÉ À VOIR BLAVILLE QUI SE FAISAIT DE PLUS EN PLUS RARE, ACCAPARÉ QU'IL ÉTAIT PAR SES NOUVEAUX LIENS CRÉÉS AVEC LE COMTE DE SOULANSSE. SON ADMIRATION POUR BLAVILLE EST TELLE QUE MALGRÉ SON ABSENCE, ELLE CONTINUE À LUI PROUVER SA DÉVOTION ...
C'EST LUI QUI LUI CONSEILLE DE SE REPAÎTRE DE VIANDE POUR LUI ÉVITER TOUTE TRANSFORMATION INCONTRÔLÉE... JUSQU'À CE QU'ELLE SOIT DÉCOUVERTE PAR LA CELLÉRIÈRE ET SON AIDE...
APRÈS LES AVOIR MASSACRÉES, ELLE DISPOSE LEURS CORPS DANS LA VIEILLE ÉGLISE COMME UNE OFFRANDE À SON PROTECTEUR QUI LUI A OUVERT LES YEUX : BLAVILLE, L'ANGE NOIR, MAÎTRE DE L'OMBRE ET DE LA LUMIÈRE.
QUANT À LA SACRISTINE, SON MALHEUR A ÉTÉ DE DÉCOUVRIR LES AGISSEMENTS DE LA NOVICE.
QUE VOULAIT-ELLE DIRE RÉELLEMENT EN SIGNANT SES CRIMES DU SIGLE DE LA CASTE ?... VOULAIT-ELLE NOUS EFFRAYER OU RENDRE HOMMAGE À CELUI QUI, SELON SES PROPRES TERMES, LUI AVAIT MONTRÉ LE CHEMIN ?... PEUT-ÊTRE CHERCHAIT-ELLE SIMPLEMENT À LE REJOINDRE DANS LA MORT ?...
NOUS NE LE SAURONS PROBABLEMENT JAMAIS !

RELÂCHEZ-NOUS S'IL VOUS PLAÎT !
MON PÈRE EST TROP FATIGUÉ POUR SUPPORTER UN TEL VOYAGE...
ALLONS, JE N'AI PAS FAIT TOUT CE CHEMIN POUR RENONCER MAINTENANT. JE VOUS CONSEILLE PLUTÔT DE PRENDRE VOTRE MAL EN PATIENCE, ET SI VOUS VOULEZ QUE VOTRE FARDEAU DE PÈRE VIVE ENCORE, VOUS FERIEZ BIEN DE NE PAS INSISTER.
EH BIEN, FINISSONS-EN ! TUEZ-MOI SI VOUS VOULEZ, MAIS LAISSEZ PARTIR MA FILLE !
TANARIS SE LANCERA À NOTRE POURSUITE QUAND IL S'APERCEVRA DE NOTRE DISPARITION...
J'Y COMPTE BIEN !
ALORS, POURQUOI SOMMES-NOUS ICI AU LIEU DE L'ATTENDRE À LA FERME ? TOUT AURAIT ÉTÉ PLUS FACILE...
JE VEUX L'ATTIRER AILLEURS. VOUS COMPRENDREZ LE MOMENT VENU...
CE N'EST PAS TRÈS APPÉTISSANT, MAIS C'EST TOUT CE QU'IL ME RESTE... POUR TOI, VIEIL HOMME, ÇA CALMERA TA FAIM... QUANT À TA FILLE, ÇA DEVRAIT SUFFIRE À CONTENIR SA TRANSFORMATION POUR LA NUIT...
VOUS AUSSI, VOUS ÊTES...
TU AS BONNE MÉMOIRE... EN PLANTANT SES CROCS DANS MON BRAS, TANARIS A, UNE FOIS DE PLUS, BOULEVERSÉ MON EXISTENCE... NOUS ALLONS DONC PARTAGER CES BEAUX MORCEAUX DE VIANDE AVANT DE NOUS ENDORMIR PAISIBLEMENT.
...PÈRE... JE DOIS ESSAYER... JE VAIS M'ÉLOIGNER UN PEU DE TOI, PAR PRUDENCE !...
!?!... SEIGNEUR !... TU VEUX... TU VEUX FAIRE APPEL AU GAROU ?...

DEPUIS QUELQUES NUITS, J'AI LE SENTIMENT DE MIEUX MAÎTRISER LES MUTATIONS... C'EST LE MOMENT DE FAIRE UNE TENTATIVE...
...LA DISTANCE DEVRAIT SUFFIRE... JE DOIS ME CONCENTRER, MAINTENANT... PAR LA GRÂCE DE DIEU!
J'ESPÈRE QUE ÇA NE SE RETOURNERA PAS CONTRE TOI... ÉVITONS LE MOINDRE BRUIT POUR NE PAS RÉVEILLER GANDAL...
JE N'Y ARRIVE PAS!... PAS ENCORE!... JE... JE SUIS DÉSOLÉE!...
JE PRÉFÈRE ÇA, MISSIA!... OH, MON DIEU, OUI... JE PRÉFÈRE ÇA!

POURQUOI T'ARRÊTES-TU, TANARIS ? JE TE CROYAIS PRESSÉ DE RETROUVER ALISSIA ...
CE SONT LES ÉVÉNEMENTS DU COUVENT... J'AI L'IMPRESSION D'AVOIR OUBLIÉ QUELQUE CHOSE D'IMPORTANT ...
QU'EST-CE QUE TU VEUX DIRE ? LA NOVICE ÉTAIT COUPABLE. TU L'AS CONSTATÉ, TOUT COMME MOI !
C'ÉTAIT UN GAROU, IL N'Y A PAS DE DOUTE...
POURTANT...
...JE CROIS QUE CE N'EST PAS ELLE... J'EN SUIS PRESQUE SÛR, MAINTENANT...
JE N'ENTENDS RIEN À TES DIVAGATIONS, TANARIS. UNE FOIS POUR TOUTES, QU'EST-CE QUE JE DOIS COMPRENDRE ?
...TU TE SOUVIENS DU SUICIDE DE LA NOVICE DANS LE CHAUFFOIR ?...
COMMENT VEUX-TU OUBLIER UNE VISION PAREILLE ?...
AVANT QU'ELLE NE SE TRANSFORME EN GAROU, NOUS AVONS TOUS DEUX ÉTÉ SIDÉRÉS PAR SA BEAUTÉ. CETTE IMPRESSION ÉTAIT SI FORTE QUE NOUS EN AVONS OUBLIÉ L'ESSENTIEL : ELLE NE PORTAIT AUCUNE BLESSURE VENANT DE MA MORSURE OU DE MES COUPS DE GRIFFES... NOUS SAVONS QU'UN GAROU CICATRISE VITE, MAIS IL AURAIT DÛ RESTER QUELQUES TRACES DE MA CONFRONTATION AVEC ELLE...
... SEIGNEUR ! TU AS RAISON ! JE REVOIS LA SCÈNE : ELLE PORTAIT LE SIGLE GRAVÉ SUR SON SEIN, MAIS EN EFFET, IL N'Y AVAIT AUCUNE AUTRE MARQUE SUR SON ÉPAULE OU SES HANCHES... CELA VEUT DIRE QU'IL Y A UN AUTRE GAROU !
EXACTEMENT, ET ENCORE AUTRE CHOSE : TOUT À L'HEURE, DEVANT LES PORTES DU COUVENT, L'ABBESSE NOUS A EMBRASSÉS EN SIGNE D'ADIEU... J'AI SOUVENIR DE LUI AVOIR TOUCHÉ LES ÉPAULES... JE SUIS PRÊT À PARIER QU'ELLE A EU UNE GRIMACE DE DOULEUR...
ATTENDS, TU VEUX DIRE QU'ELLE POURRAIT...
OUI, ET J'AI LA FERME INTENTION D'ALLER LE VÉRIFIER SUR LE CHAMP !

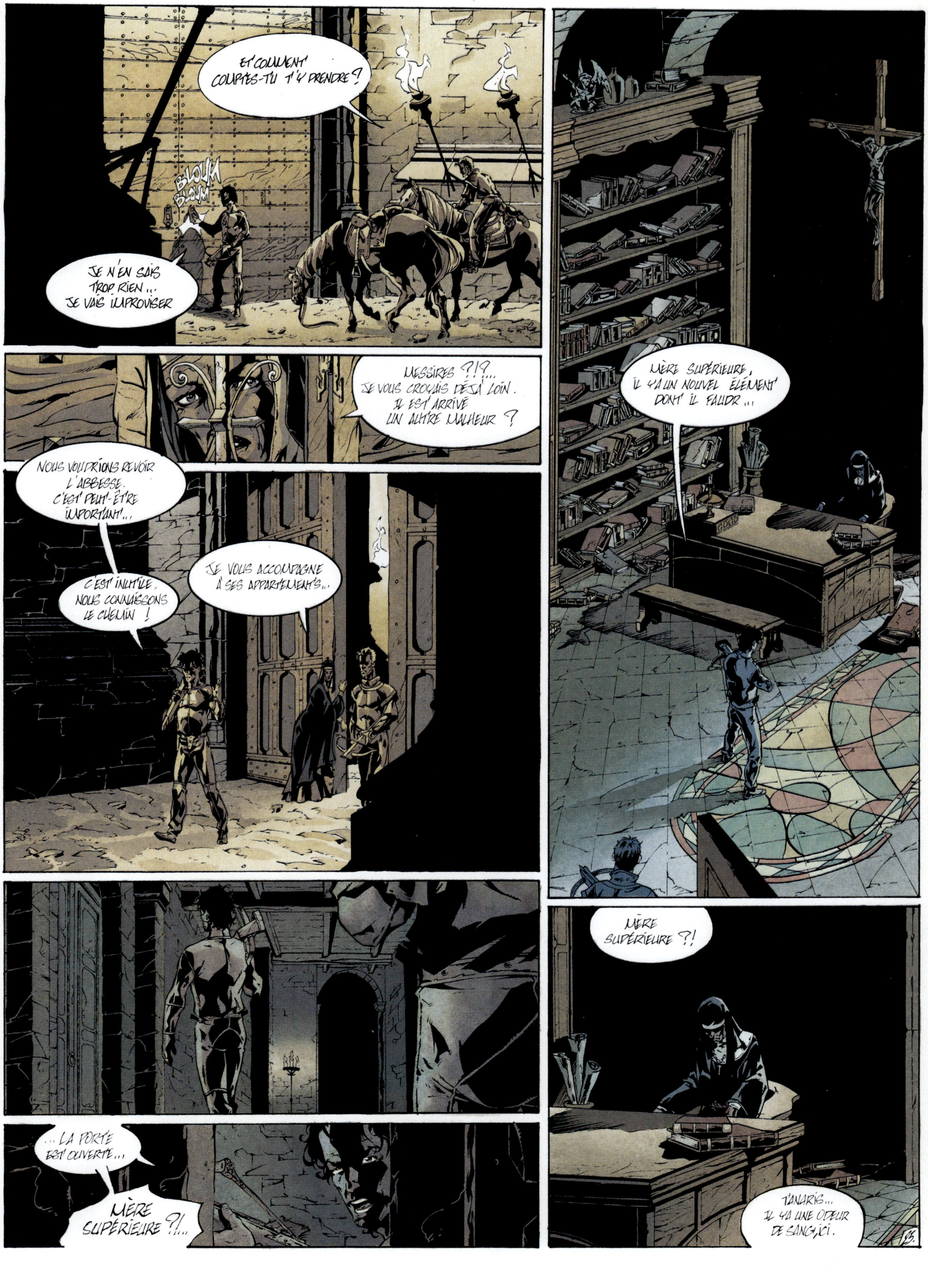
ET COMMENT COMPTES-TU T'Y PRENDRE ?
BLOUM BLOUM
JE N'EN SAIS TROP RIEN... JE VAIS IMPROVISER
MESSIRES ?!?... JE VOUS CROYAIS DÉJÀ LOIN. IL EST ARRIVÉ UN AUTRE MALHEUR ?
NOUS VOUDRIONS REVOIR L'ABBESSE. C'EST PEUT-ÊTRE IMPORTANT...
JE VOUS ACCOMPAGNE À SES APPARTEMENTS...
C'EST INUTILE, NOUS CONNAISSONS LE CHEMIN !
...LA PORTE EST OUVERTE...
MÈRE SUPÉRIEURE ?!...
MÈRE SUPÉRIEURE, IL Y A UN NOUVEL ÉLÉMENT DONT IL FAUDR...
MÈRE SUPÉRIEURE ?!
TANARIS... IL Y A UNE ODEUR DE SANG, ICI.

SEIGNEUR !
SON COEUR A ÉTÉ ARRACHÉ...
NE RESTONS PAS LÀ, TANARIS... LE MEURTRIER A FRAPPÉ IL Y A PEU... NOUS DEVONS LE RETROUVER...
... LA PIÈCE A ÉTÉ FOUILLÉE... COMME SI L'ASSASSIN CHERCHAIT QUELQUE CHOSE...
... QUI ÉTAIT PEUT-ÊTRE DANS CE COFFRE...
IL FAUT TROUVER LA PRIEURE. ELLE RISQUE DE SUBIR LE MÊME SORT QUE L'ABBESSE... JE ME SUIS TROMPÉ SUR L'IDENTITÉ DU GAROU...
EXPLIQUE-MOI, TANARIS ! TU SAIS QUI A FAIT ÇA ?
JE N'EN SUIS PAS TRÈS SÛR...
MESSIRES, AVEZ-VOUS TROUVÉ LA MÈRE SUPÉRIEURE ?
OH?!... NON... NON, ELLE N'EST PAS ICI ! SAVEZ-VOUS OÙ EST LA PRIEURE ?...
EH BIEN... J'IMAGINE QU'ELLE EST DANS SA CELLULE. SUIVEZ-MOI, C'EST DANS L'AUTRE BÂTIMENT.

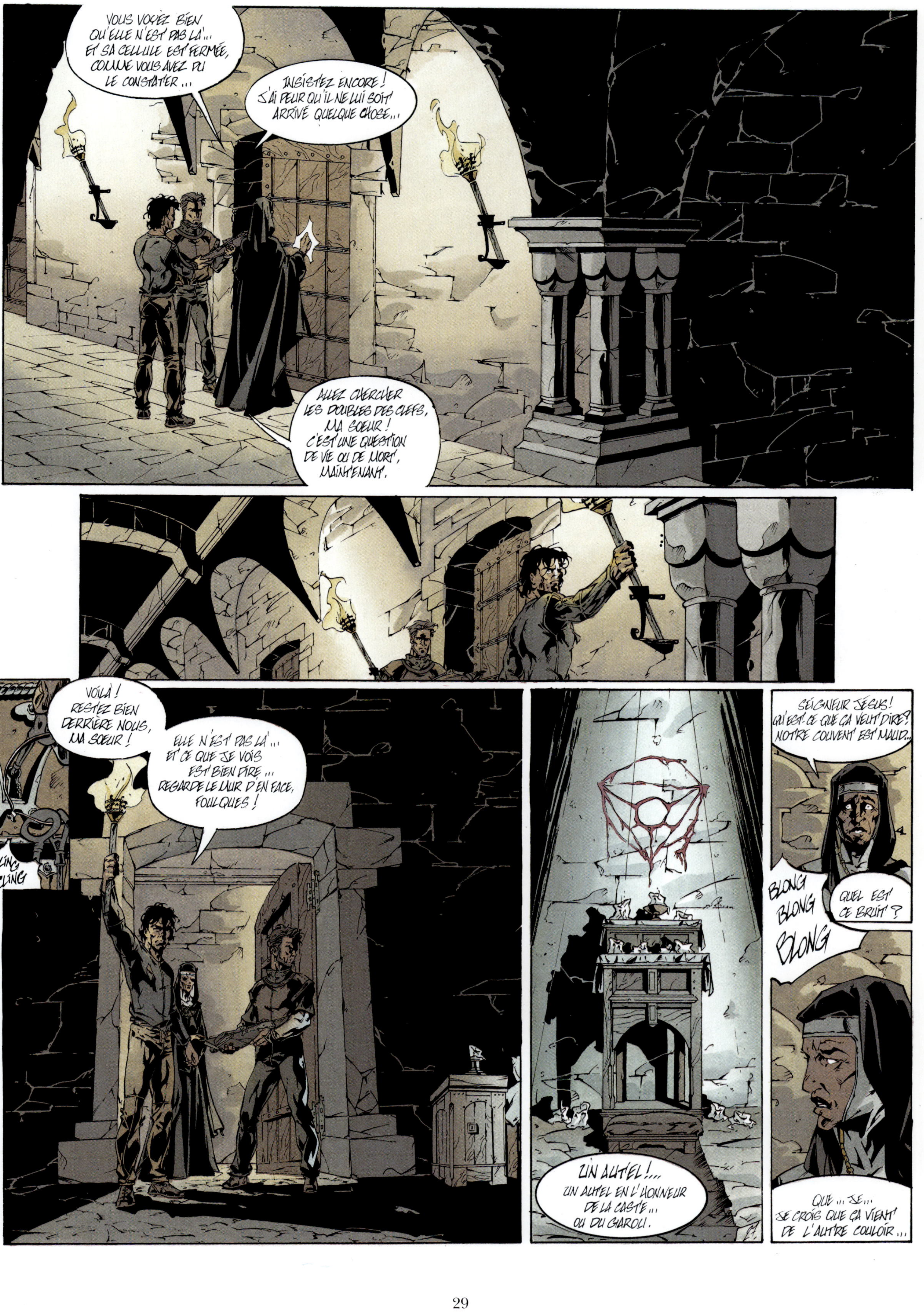

VOUS VOYEZ BIEN QU'ELLE N'EST PAS LÀ... ET SA CELLULE EST FERMÉE, COMME VOUS AVEZ PU LE CONSTATER...
INSISTEZ ENCORE ! J'AI PEUR QU'IL NE LUI SOIT ARRIVÉ QUELQUE CHOSE...
ALLEZ CHERCHER LES DOUBLES DES CLEFS, MA SOEUR ! C'EST UNE QUESTION DE VIE OU DE MORT, MAINTENANT.
CLING CLING
VOILÀ ! RESTEZ BIEN DERRIÈRE NOUS, MA SOEUR !
ELLE N'EST PAS LÀ... ET CE QUE JE VOIS EST BIEN PIRE... REGARDE LE MUR D'EN FACE, FOULQUES !
UN AUTEL !... UN AUTEL EN L'HONNEUR DE LA CASTE... OU DU GIAROLI.
SEIGNEUR JÉSUS ! QU'EST-CE QUE ÇA VEUT DIRE ? NOTRE COUVENT EST MAUDIT...
BLONG BLONG BLONG
QUEL EST CE BRUIT ?
QUE... JE... JE CROIS QUE ÇA VIENT DE L'AUTRE COULOIR...

?!
LA PRIEURE !
... OH, MON DIEU ! ... C'EST LA CELLULE OÙ EST ENFERMÉE SOEUR LAURENCE !
MÈRE PRIEURE... QU'EST-CE QUI VOUS ARRIVE ? NOUS AVONS ÉTÉ FORCÉS D'OUVRIR LA PORTE DE VOTRE...
QUE FAITES-VOUS ICI ?...
QUI VOUS A OUVERT ?...
C'EST VOUS, SOEUR HÔTELIÈRE ?!...
JE DEVRAIS VOUS FRACASSER LE CRÂNE...
POSEZ-CELA, MA SOEUR, JE VOUS EN CONJURE ! POSEZ-CELA ET EXPLIQUEZ-MOI CE QUE VOUS FAITES !
OUI !... VOUS SAVEZ QUI A FAIT ÇA ?
VOUS AVEZ TROUVÉ LA MÈRE SUPÉRIEURE, N'EST-CE PAS ?
NOUS SOMMES TOUS RESPONSABLES !
NOUS SOMMES TROP FAIBLES ! MÊME DIEU N'Y PEUT RIEN ! IL NOUS REGARDE NOUS DÉBATTRE. NOUS AIMER...
NOUS DÉCHIRER, MAIS...
MAIS IL NE NOUS ENTEND PAS !... À QUOI BON PRIER ?... À QUOI BON ?...
CALMEZ-VOUS, MA SOEUR... C'EST BIEN... COMME CELA... CALMEMENT...
... VOILÀ !... VOILÀ !... VOUS N'AVEZ PLUS BESOIN DE ÇA ! ASSEYEZ-VOUS ET DITES-NOUS CE QU'IL S'EST PASSÉ !
J'AURAIS PU TOUT ARRÊTER, MAIS J'AI PÉCHÉ PAR ORGUEIL... JE CROYAIS POUVOIR TOUT CHANGER... JE ME SUIS TROMPÉE... SANS LUI, JE NE SUIS RIEN ! IL VOUS DONNE LA FORCE ET SON AMOUR EST PLUS FORT QUE TOUT !... MAIS DEPUIS SA DISPARITION, LA HONTE ME RONGE... JE DOIS ME CONFESSER POUR LE SALUT DE MON ÂME...

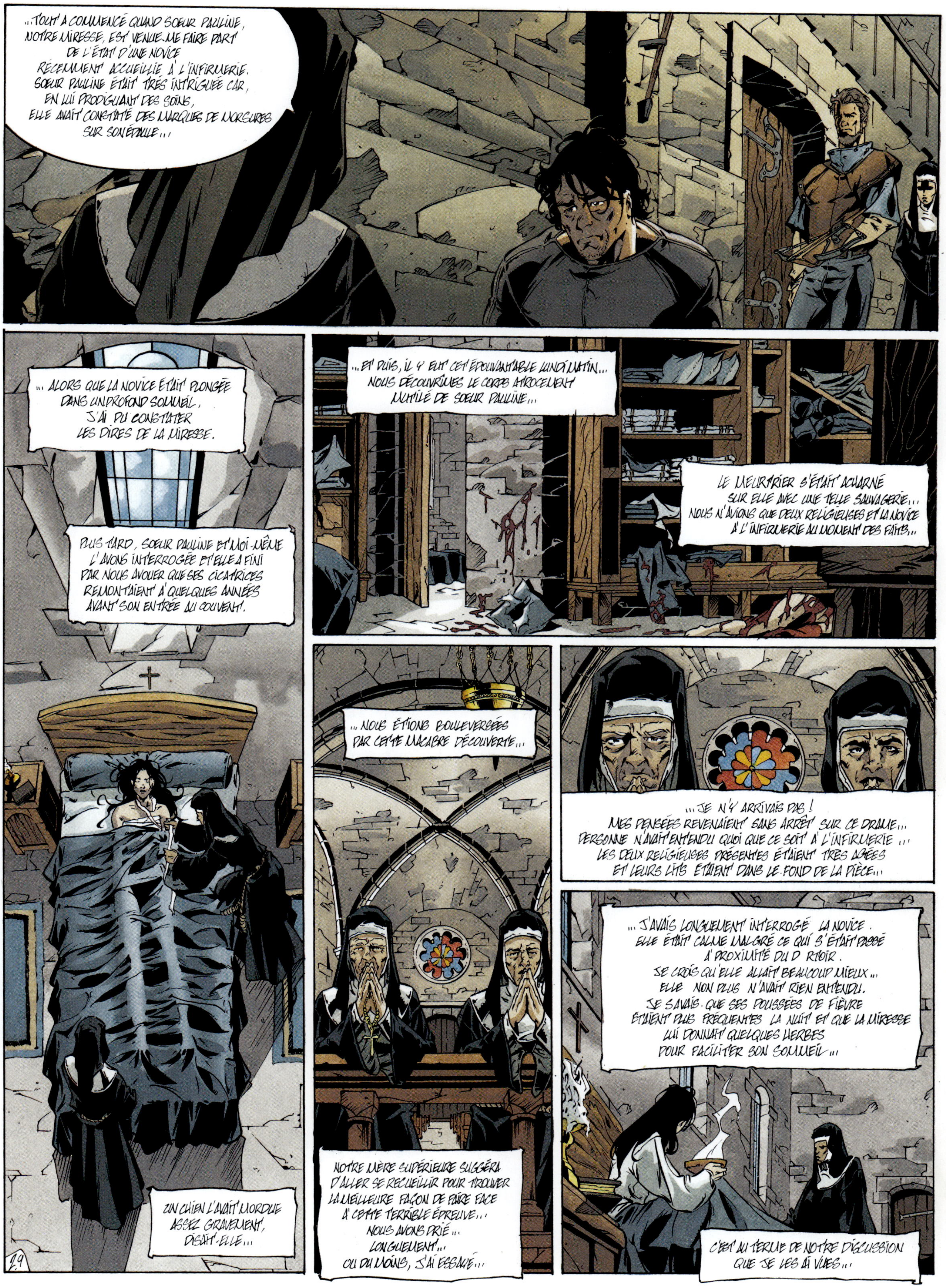
...TOUT A COMMENCÉ QUAND SOEUR PAULINE, NOTRE MIRESSE, EST VENUE ME FAIRE PART DE L'ÉTAT D'UNE NOVICE RÉCEMMENT ACCUEILLIE À L'INFIRMERIE. SOEUR PAULINE ÉTAIT TRÈS INTRIGUÉE CAR, EN LUI PRODIGUANT DES SOINS, ELLE AVAIT CONSTATÉ DES MARQUES DE MORSURES SUR SON ÉPAULE...
... ALORS QUE LA NOVICE ÉTAIT PLONGÉE DANS UN PROFOND SOMMEIL, J'AI PU CONSTATER LES DIRES DE LA MIRESSE.
PLUS TARD, SOEUR PAULINE ET MOI-MÊME L'AVONS INTERROGÉE ET ELLE A FINI PAR NOUS AVOUER QUE SES CICATRICES REMONTAIENT À QUELQUES ANNÉES AVANT SON ENTRÉE AU COUVENT.
UN CHIEN L'AVAIT MORDUE ASSEZ GRAVEMENT, DISAIT-ELLE...
...ET PUIS, IL Y EUT CET ÉPOUVANTABLE LUNDI MATIN... NOUS DÉCOUVRÎMES LE CORPS ATROCEMENT MUTILÉ DE SOEUR PAULINE...
LE MEURTRIER S'ÉTAIT ACHARNÉ SUR ELLE AVEC UNE TELLE SAUVAGERIE... NOUS N'AVIONS QUE DEUX RELIGIEUSES ET LA NOVICE À L'INFIRMERIE AU MOMENT DES FAITS...
... NOUS ÉTIONS BOULEVERSÉES PAR CETTE MACABRE DÉCOUVERTE...
NOTRE MÈRE SUPÉRIEURE SUGGÉRA D'ALLER SE RECUEILLIR POUR TROUVER LA MEILLEURE FAÇON DE FAIRE FACE À CETTE TERRIBLE ÉPREUVE... NOUS AVONS PRIÉ... LONGUEMENT... OU DU MOINS, J'AI ESSAYÉ...
...JE N'Y ARRIVAIS PAS ! MES PENSÉES REVENAIENT SANS ARRÊT SUR CE DRAME... PERSONNE N'AVAIT ENTENDU QUOI QUE CE SOIT À L'INFIRMERIE... LES DEUX RELIGIEUSES PRÉSENTES ÉTAIENT TRÈS AGÉES ET LEURS LITS ÉTAIENT DANS LE FOND DE LA PIÈCE...
... J'AVAIS LONGUEMENT INTERROGÉ LA NOVICE. ELLE ÉTAIT CALME MALGRÉ CE QUI S'ÉTAIT PASSÉ À PROXIMITÉ DU D RTOIR. JE CROIS QU'ELLE ALLAIT BEAUCOUP MIEUX... ELLE NON PLUS N'AVAIT RIEN ENTENDU. JE SAVAIS QUE SES POUSSÉES DE FIÈVRE ÉTAIENT PLUS FRÉQUENTES LA NUIT ET QUE LA MIRESSE LUI DONNAIT QUELQUES HERBES POUR FACILITER SON SOMMEIL...
C'EST AU TERME DE NOTRE DISCUSSION QUE JE LES AI VUES...

... SUR SA CHEMISE DE NUIT, IL Y AVAIT CES TACHES... DEUX TACHES DE SANG... SOUS LE COUP DE LA SURPRISE, J'AI PRÉFÉRÉ ME TAIRE. J'AI SALUÉ LA NOVICE PUIS JE SUIS SORTIE DE L'INFIRMERIE... J'ÉTAIS DÉSEMPARÉE. CETTE RÉVÉLATION POUVAIT DIRE BEAUCOUP DE CHOSES... MAIS J'AVAIS DU MAL À IMAGINER CETTE JEUNE FILLE EN TUEUSE SANGUINAIRE...
... CETTE IDÉE ÉTAIT TROP HORRIBLE. COMMENT AVAIT-ELLE PU COMMETTRE UNE TELLE ATROCITÉ ? LA NOVICE ÉTAIT SI FRÊLE... MALGRÉ TOUT, J'ÉTAIS DE PLUS EN PLUS CONVAINCUE DE SA CULPABILITÉ...
... JE NE SUIS PAS SÛR DE VOUS SUIVRE... UN CRIME AUSSI SANGLANT LAISSE BIEN PLUS QUE DE LÉGÈRES TRACES !...
J'AI PENSÉ QU'ELLE AVAIT PU SE CHANGER ET NETTOYER LES TRACES QUI RESTAIENT DANS LE DORTOIR...
... LA NUIT VENUE, ALORS QUE J'ÉTAIS À PROXIMITÉ DE L'INFIRMERIE, ESSAYANT ENCORE DE COMPRENDRE CE QUI AVAIT PU SE PASSER, J'AI EU LA GRANDE SURPRISE DE VOIR SORTIR LA NOVICE... JE L'AI SUIVIE JUSQU'À LA VIEILLE ÉGLISE...
MON ENFANT, NE T'ABAISSE PAS À PRIER CES RELIQUES ! J'AI MIEUX À T'APPORTER QUE CE DIEU CRUCIFIÉ...
SEIGNEUR, Ô MON SEIGNEUR ! LA NUIT PASSÉE, J'AI TUÉ POUR LE SANG... J'AI D'ABORD RÉSISTÉ ET PUIS J'AI COMPRIS QU'IL ME FALLAIT ACCEPTER CETTE NOUVELLE FORCE... VOTRE FORCE, SEIGNEUR !...
NE SOIS PAS INQUIÈTE, MON ENFANT CAR CELA ÉTAIT ÉCRIT !... TU DEVIENS UN ÊTRE D'EXCEPTION... TA PURETÉ TE GRANDIT. BIENTÔT, TU CONTRÔLERAS TES ACTES ET TU ATTEINDRAS LA PLÉNITUDE... LE PARADIS EST EN TOI...
MANGE CETTE VIANDE ! ELLE APAISERA TA FAIM ! TU DEVRAS TE NOURRIR AINSI CHAQUE NUIT JUSQU'À CE QUE LE GAROU QUI SOMMEILLE EN TOI TROUVE SA PLEINE MAÎTRISE... CE N'EST QU'APRÈS QUE NOUS POURRONS NOUS UNIR...

C'était diabolique... Je n'arrivais pas d'en croire mes yeux... Et pourtant, je n'avais encore rien vu... Je ne sais toujours pas comment j'ai pu trahir ma présence... un souffle ?... un sursaut ?...
...Ils se sont soudain tournés vers moi...
...Et j'ai cru mourir de peur en voyant l'homme se transformer en cette créature...
Seigneur... c'est... c'est la prieure...
Ne la tuez pas, seigneur !... Elle est la prieure du monastère... Elle a toujours été bonne avec moi... Donnez-lui votre amour et elle saura vous servir comme personne...
AAAHHHHH
Ne vous avancez-pas ! Oh, mon Dieu, non ! NONNNNN !

VOUS VOULEZ DIRE QU'IL VOUS A MORDUE ?!...
LAISSEZ-MOI FINIR, S'IL VOUS PLAÎT !... LES PREMIERS SYMPTÔMES SONT APPARUS ET À MON TOUR, JE SUIS ENTRÉE À L'INFIRMERIE...
INQUIÈTE DE ME SAVOIR ALITÉE, LA MÈRE SUPÉRIEURE M'A RENDU VISITE. ELLE ME CROYAIT ABATTUE PAR LE MEURTRE SAUVAGE DE SOEUR PAULINE, LA MIRESSE. ELLE N'AVAIT TOUJOURS PAS PRIS DE DÉCISION QUANT À LA NÉCESSITÉ OU NON DE RÉVÉLER LE DRAME... JE CROIS QUE J'AI RÉUSSI À LA CONVAINCRE DE NE PAS ÉBRUITER L'AFFAIRE, NE SERAIT-CE QUE POUR QUELQUES JOURS...
... LA NUIT TOMBÉE, LA NOVICE EST VENUE ME REJOINDRE ET NOUS AVONS LONGUEMENT PARLÉ — PARDON, MON DIEU, CAR C'EST À CE MOMENT-LÀ QUE JE ME SUIS ÉLOIGNÉE DE VOUS — LA NOVICE ÉTAIT PAISIBLE, DOUCE. ELLE RAYONNAIT...
... JE VENAIS DE VIVRE UNE EXPÉRIENCE HORRIBLE ET UNIQUE. MES PENSÉES SE BOUSCULAIENT... JE NE SAVAIS PLUS SI J'ÉTAIS FOLLE OU SAINE D'ESPRIT... J'ÉTAIS TIRAILLÉE ENTRE MES CROYANCES ET MES VISIONS PASSÉES... OÙ ÉTAIT LA RÉALITÉ ?... OÙ ÉTAIT LA VÉRITÉ ?... MA FOI M'AVAIT-ELLE AVEUGLÉE ?...
MANGEZ CELA, MÈRE PRIEURE ! JE NE SAIS QUE TROP LES SOUFFRANCES OCCASIONNÉES PAR LA MORSURE... CELA VOUS APAISERA ET BIENTÔT VOTRE COEUR SE TOURNERA VERS LUI...
... JE RESTERAI À VOS CÔTÉS LE PLUS LONGTEMPS POSSIBLE POUR VOUS RÉCONFORTER... VOUS NE ME JUGEZ PLUS, JE LE SENS... JE LIS LE PARDON DANS VOTRE REGARD... CETTE NUIT ENCORE, JE VAIS LE REJOINDRE ET JE PARLERAI EN VOTRE NOM... BIENTÔT, VOUS DÉCOUVRIREZ LA GRANDEUR DE SON ÂME...
ELLE M'ACCOMPAGNAIT DANS MES PROMENADES, ME PARLANT SANS CESSE DE CELUI QU'ELLE APPELAIT SON ANGE NOIR. IL N'Y AVAIT AUCUNE HAINE DANS SES PROPOS. IL N'ÉTAIT QUESTION QUE D'AMOUR. JAMAIS ON NE M'AVAIT PARLÉ DE LA SORTE... J'AVAIS L'IMPRESSION DE RENAÎTRE...
PARDONNEZ-MOI, MON DIEU... CAR POUR LA PREMIÈRE FOIS, J'AI... J'AI AIMÉ QUELQU'UN DE TOUTES MES FORCES ET DE TOUTE MON ÂME...
32.

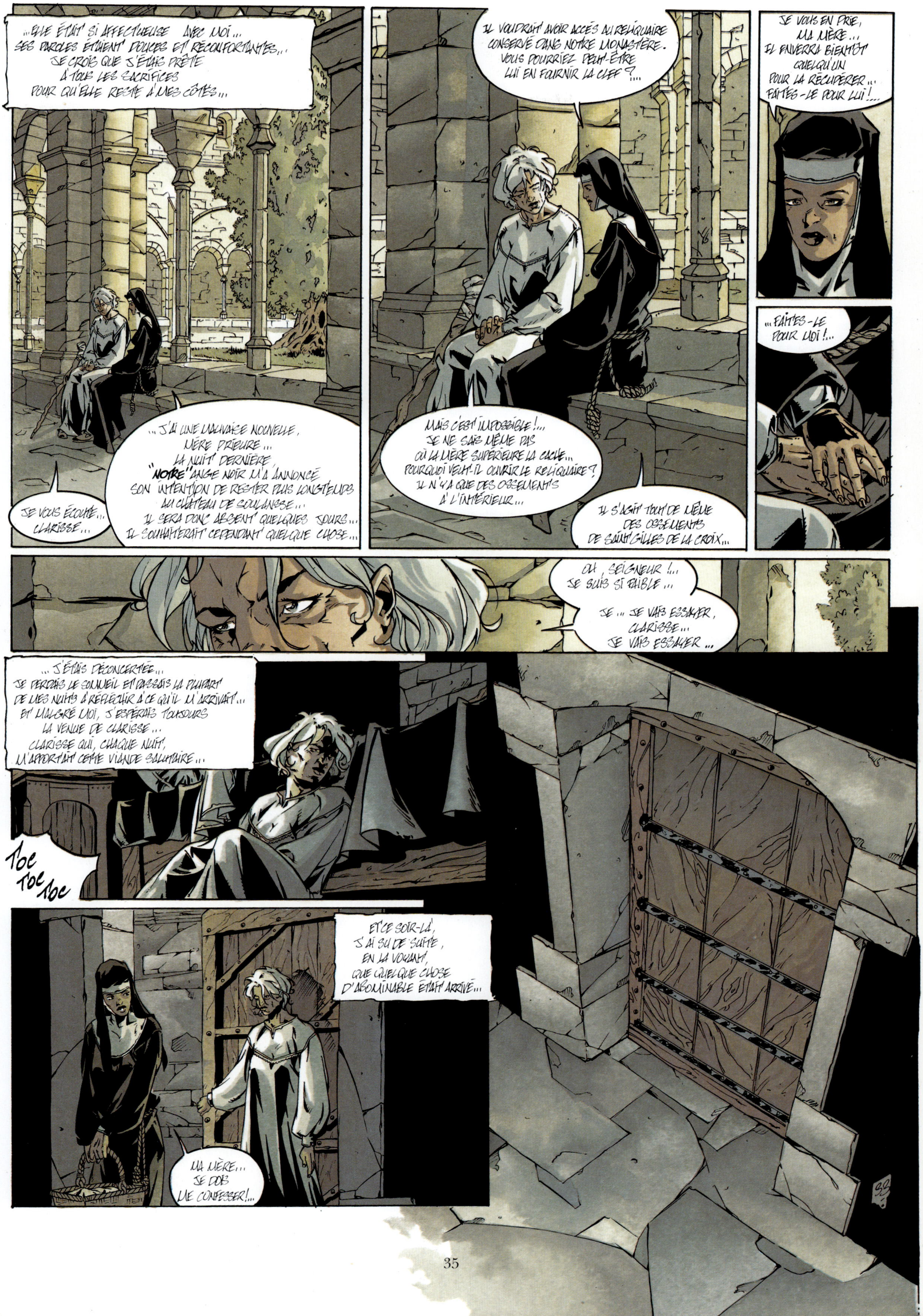
...ELLE ÉTAIT SI AFFECTUEUSE AVEC MOI... SES PAROLES ÉTAIENT DOUCES ET RÉCONFORTANTES... JE CROIS QUE J'ÉTAIS PRÊTE À TOUS LES SACRIFICES POUR QU'ELLE RESTE À MES CÔTÉS...
JE VOUS ÉCOUTE... CLARISSE...
...J'AI UNE MAUVAISE NOUVELLE, MÈRE PRIEURE... LA NUIT DERNIÈRE, "NOTRE" ANGE NOIR M'A ANNONCÉ SON INTENTION DE RESTER PLUS LONGTEMPS AU CHÂTEAU DE SOULANGE... IL SERA DONC ABSENT QUELQUES JOURS... IL SOUHAITERAIT CEPENDANT QUELQUE CHOSE...
IL VOUDRAIT AVOIR ACCÈS AU RELIQUAIRE CONSERVÉ DANS NOTRE MONASTÈRE. VOUS POURRIEZ PEUT-ÊTRE LUI EN FOURNIR LA CLEF ?...
MAIS C'EST IMPOSSIBLE !... JE NE SAIS MÊME PAS OÙ LA MÈRE SUPÉRIEURE LA CACHE... POURQUOI VEUT-IL OUVRIR LE RELIQUAIRE ? IL N'Y A QUE DES OSSEMENTS À L'INTÉRIEUR...
IL S'AGIT TOUT DE MÊME DES OSSEMENTS DE SAINT GILLES DE LA CROIX...
JE VOUS EN PRIE, MA MÈRE... IL ENVERRA BIENTÔT QUELQU'UN POUR LA RÉCUPÉRER... FAITES-LE POUR LUI !...
...FAITES-LE POUR MOI !...
OH, SEIGNEUR !... JE SUIS SI FAIBLE...
JE... JE VAIS ESSAYER, CLARISSE... JE VAIS ESSAYER...
...J'ÉTAIS DÉCONCERTÉE... JE PERDAIS LE SOMMEIL ET PASSAIS LA PLUPART DE MES NUITS À RÉFLÉCHIR À CE QUI M'ARRIVAIT... ET MALGRÉ MOI, J'ESPÉRAIS TOUJOURS LA VENUE DE CLARISSE... CLARISSE QUI, CHAQUE NUIT, M'APPORTAIT CETTE VIANDE SALUTAIRE...
TOC TOC TOC
ET CE SOIR-LÀ, J'AI SU DE SUITE, EN LA VOYANT, QUE QUELQUE CHOSE D'ABOMINABLE ÉTAIT ARRIVÉ...
MA MÈRE... JE DOIS ME CONFESSER !...

...LA CELLÉRIÈRE ET SON AIDE AVAIENT TOUT DÉCOUVERT. ELLES DEVENAIENT UNE MENACE POUR NOUS ET... ...POUR LUI... IL A TOUJOURS DIT QUE LE SACRIFICE POUVAIT ÊTRE NÉCESSAIRE POUR SAUVER LES ÂMES... JE LES AI DISPOSÉES EN OFFRANDE DANS LA VIEILLE ÉGLISE. IL SAURA LES ACCUEILLIR AUPRÈS DE LUI...
MON DIEU ! QU'AS-TU FAIT, CLARISSE ? PERSONNE N'A LE DROIT DE PRENDRE LA VIE D'AUTRUI...
COMPRENEZ-MOI, MÈRE SUPÉRIEURE ! IL EST LE VRAI DIEU ! C'EST UNE NOUVELLE ÉPREUVE QU'IL MET SUR NOTRE CHEMIN. DANS LA POITRINE DE CETTE CRÉATURE, BAT UN COEUR PUR...
BIENTÔT, VOUS AUSSI, POURREZ MAÎTRISER LE POUVOIR QU'IL NOUS A FAIT PARTAGER... JE VAIS VOUS MONTRER...
...ET DIEU ME PARDONNE, JE L'AI TROUVÉE MAGNIFIQUE...
...DANS SON REGARD, SE LISAIT ENCORE TOUT SON AMOUR...
APRÈS LA DÉCOUVERTE DES CORPS MARTYRISÉS, L'ABBESSE A CONVOQUÉ DES HOMMES DE LA COMMANDERIE QUI NOUS ONT INTERROGÉES. ILS SONT REPARTIS DÈS LE LENDEMAIN, NOUS PROMETTANT DE REVENIR AU PLUS TÔT...

LES JOURS ONT PASSÉ ET, COMME ME L'AVAIT PRÉDIT CLARISSE, JE PUS BIENTÔT MAÎTRISER MES TRANSFORMATIONS. NOUS N'AVIONS TOUJOURS PAS DE NOUVELLES DE NOTRE ANGE NOIR ET JE COMMENÇAI À INTERROGER LA SACRISTINE SUR LES POSSIBILITÉS DE CONTEMPLER LES RELIQUES JUSQU'À CE QUE...
QU'ESSAYEZ-VOUS DE FAIRE MÈRE PRIEURE ?
JE... PARDONNEZ-MOI, SOEUR ISABELLE... J'ESSAYAIS D'OUVRIR À L'AIDE DE CETTE CLEF... MAIS JE CROIS QUE CE N'EST PAS LA BONNE.
EN EFFET ! COMME JE VOUS L'AI DÉJÀ DIT, SEULE NOTRE MÈRE SUPÉRIEURE EST HABILITÉE À DÉTENIR LA CLEF ET À OUVRIR LE RELIQUAIRE.
IL VOUS FAUT SON AUTORISATION !
C'EST EXACT, MA SOEUR ! JE VAIS DE CE PAS LA VOIR...
ALORS, VOUS LUI EXPLIQUEREZ POURQUOI VOUS LUI AVEZ VOLÉ CETTE CLEF ?!... PARCE QUE C'EST BIEN CE QUE VOUS AVEZ FAIT, N'EST-CE PAS ?...
...AH ?!... BIEN !... DANS CE CAS, PUIS-JE COMPTER SUR VOTRE SILENCE, MA SOEUR ? JE SOUHAITERAIS LUI AVOUER MOI-MÊME MA FAUTE...
INSTINCTIVEMENT, JE N'AI PU M'EMPÊCHER D'ÉCOUTER :
UNE DERNIÈRE CHOSE, SOEUR ISABELLE...
...JE CONNAIS VOTRE DÉVOUEMENT POUR NOTRE COMMUNAUTÉ... AUSSI, JE PENSE VOUS DEVOIR QUELQUES EXPLICATIONS. REJOIGNEZ-MOI DANS LE CLOÎTRE APRÈS LES LAUDES. NOUS AURONS PLUS DE TEMPS POUR DISCUTER. BONSOIR !
35

Nous étions depuis trois jours en vos murs... vous preniez un risque énorme en agissant ainsi...
Et vous avez tué cette malheureuse sacristine ?...
Il était important pour notre seigneur de pouvoir disposer des ossements de Saint Gilles de la Croix... Je ne souhaitais pas la mort de soeur Isabelle mais... tout s'est précipité !...
Lorsque je suis entrée dans le cloître, soeur Isabelle se tenait debout devant l'entrée de l'arrière cuisine...
C'est vous, Mère Prieure ?...
Mère Prieure ?...
Répondez, s'il vous plaît ! Vous semblez...

MON DIEU, NON !
LAISSEZ-MOI !...
PITIÉ !...

JE RESSENTAIS UNE TELLE PUISSANCE... MÊME SANS AVOIR TOUT À FAIT CONSCIENCE DE MES ACTES... C'ÉTAIT... C'ÉTAIT EXTRAORDINAIRE !...
... C'EST CLARISSE QUI A TERMINÉ LA BESOGNE... C'EST ELLE AUSSI QUI A VOULU TRACER LE SIGLE SUR LES PORTES... JE CROIS QU'ELLE VOULAIT MONTRER TOUT LE POUVOIR DE NOTRE "SEIGNEUR"... NOUS SAVIONS QU'IL SE FAISAIT APPELER BLAVILLE... L'ANNONCE DE SA MORT A ÉTÉ UN TEL CHOC...
... J'AI TUÉ LA MÈRE SUPÉRIEURE... ELLE N'A PAS VOULU M'ÉCOUTER... TOUT COMME CLARISSE, IL ME FAUT REJOINDRE NOTRE "SEIGNEUR"... POUR TROUVER LE PARDON.
ARRÊTEZ, MÈRE PRIEURE... OU NOUS ALLONS DEVOIR VOUS ABATTRE...
38

SOEUR... SOEUR LAURENCE ?!... RESTEZ OÙ VOUS ÊTES ! NE NOUS OBLIGEZ PAS À TIRER !...
NE FAITES PAS...

... MERCI !... Merci de toute mon âme... Grâce... Grâce à vous...
... Je ... Je vais... trouver... le... repos éternel... Que dieu me pardonne !... Je dois... Je dois vous dire...
JE VAIS VOUS AIDER !
... Je ... J'ai vu... J'ai vu la novice... Devenir cette bête... Elle a tué la soeur cellérière et son aide... C'était... C'était effroyable !... Elle a traîné leurs corps dans la vieille église... puis... elle est allée... retrouver notre mère prieure...
... Le... Le diable était parmi nous... J'aurais dû... J'aurais dû tout dire mais j'ai eu peur... J'ai croisé le regard de la prieure... Elle aussi savait...
Je l'ai lu dans son regard... et elle n'a rien dit... J'étais terrifiée... J'ai souhaité être emmurée... pour échapper... échapper au démon...
... J'ai prié... prié et prié... Les jours ont passé et puis... un soir... la soeur prieure est venue...
SOEUR LAURENCE... CE BOUILLON VOUS FERA DU BIEN... N'AYEZ PLUS PEUR ! NOUS AVONS EU RAISON DU DÉMON...
Je sais que... que j'aurais dû être plus prudente... l'isolement peut-être... je suis allée près d'elle...
Quand elle m'a saisi le bras... j'ai compris... trop tard... La morsure... le hurlement de douleur...
... Le mal... le mal était en moi... à tout jamais... à tout ja...

NOUS SOMMES DAMNÉS !
MA SOEUR, CONDUISEZ-NOUS DANS LA SALLE DU RELIQUAIRE !
IL EST OUVERT !
OH, SEIGNEUR ! LES SAINTES RELIQUES ONT DISPARU !
MA SOEUR, AVEZ-VOUS, CE SOIR, LAISSÉ ENTRER QUELQU'UN AU MONASTÈRE ?
JE VOUS ASSURE QUE NON !...
NOTRE MÈRE PRIEURE A PU LE FAIRE... JE NE COMPRENDS RIEN À TOUT ÇA !... TOUTE CETTE HORREUR... NOTRE COUVENT EST DEVENU UN ENFER...
PARLEZ-NOUS DE CES SAINTES RELIQUES !
CE SONT DES OSSEMENTS DE SAINT GILLES DE LA CROIX... IL A CONSACRÉ UNE GRANDE PARTIE DE SA VIE À ÉTUDIER LES SCIENCES OCCULTES... ON PRÉTEND QU'IL A VÉCU PLUS DE 130 ANNÉES...

VOUS VOULEZ DIRE, MA SOEUR, QU'IL ÉTAIT ALCHIMISTE ?
C'EST LE TERME QUE J'AI ENTENDU À SON SUJET.
MAIS POURQUOI VOLER CES OSSEMENTS ?
CES SAINTES RELIQUES ONT UNE GRANDE VALEUR MARCHANDE. POUR BEAUCOUP, ELLES SONT LE SYMBOLE DE LA VIE ÉTERNELLE...
...NOUS AIDEREZ-VOUS À LES RETROUVER, MESSIRES ?
CES RELIQUES FORMENT LE DERNIER MAILLON DE L'HISTOIRE, MA SOEUR... POUR LE REPOS DE TOUS, NOUS ESSAIERONS. JE VOUS LE PROMETS !
CKK
J'AI FAILLI ATTENDRE !
MES RESPECTS, SIRE ! ÇA N'A PAS ÉTÉ FACILE... IL SE PASSE DE DRÔLES DE CHOSES AU COUVENT... MAIS LES RELIQUES SONT DANS CE COFFRE... VOUS AVEZ LA BOURSE ?...
J'ESPÈRE QUE TU AS PROFITÉ DE TA NOUVELLE VOCATION DE PÈLERIN POUR FAIRE TES PRIÈRES...
QUE... QUE FAITES-VOUS, SIRE ?...

RÉVEILLE-TOI, VIEIL HOMME.
NOUS DEVONS REPARTIR MAIS J'AI D'AUTRES PROJETS POUR TOI.
QU'EST-CE... QU'EST-CE QUE VOUS VOULEZ FAIRE ?
GANDAL !
GANDAL, ESPÈCE DE MONSTRE ! LAISSE MON PÈRE ! LÂCHE-LE IMMÉDIATEMENT OU JE...
OU JE QUOI ?...
CROIS-TU M'IMPRESSIONNER AVEC TES CRIS DE FEMELLE ?... ILS VONT ARRIVER D'UN INSTANT À L'AUTRE ET ILS NE SUPPORTERONT PAS DE NOUS VOIR AVEC UN TEL FARDEAU... JE NE SERAI PAS LONG...
...PÈRE !
OH, MON DIEU !
PÈRE !...
PÈRE !...
43

PÈRE !...
INUTILE DE HURLER...
IL N'A QUE FAIRE DE TES CRIS, MAINTENANT...
NOUS VERRONS BIENTÔT LES PREMIÈRES LUEURS DE L'AUBE...
...NOUS DEVONS ÊTRE PRÊTS À LES ACCUEIL...
...?!?
44

PÈRE !...
PÈRE ! AIDEZ-MOI, MON DIEU !... PER...
VAS-TU TE TAIRE SAUVAGEONNE ?
UNE JOLIE SAUVAGEONNE, MA FOI... ET QUI SEMBLE FUIR NOTRE BRAVE GANDAL !... NOUS ALLONS TE RAMENER À LUI...
CECI... EST À TOI, GANDAL ?
MESSIRES ?!... QUELLE JOIE DE VOUS REVOIR... CETTE DÉMONE COMMENCE VISIBLEMENT À MAÎTRISER SES TRANSFORMATIONS...
VOILÀ QUI EST PASSIONNANT !
45

NOUS AURONS TOUT LE TEMPS DE L'OBSERVER AU CHÂTEAU !
GANDAL, JE TE PRIE DE SALUER LE COMTE D'ALTIS ! IL EST NOTRE CRÉATEUR À TOUS !
LES DERNIÈRES RELIQUES SONT EN MA POSSESSION. PLUS PERSONNE NE PEUT S'OPPOSER À LA NOUVELLE DESCENDANCE DE GAROUS !
NOUS RETROUVERONS ALISSIA, TANARIS... MÊME SI NOUS DEVONS LA CHERCHER EN ENFER...
FIN

Garous
Esquisses

NE LE LAISSONS PAS...
OUMMPFFFF
ATTENTION !
AU SECOURS !
PITIÉ !
VITE, FOULQUES !
IL SORT DE LA PIÈCE. IL NE FAUT PAS QU'IL NOUS ÉCHAPPE, CETTE FOIS.

ATTITUDE DE FUITE
P. 17